Capodc ... urii de pretutindeni
într-o colecţ... or mai îndrăgite bestselleruri.

Amélie Nothomb, *Hygiène de l'assassin*

www.polirom.ro

Editura POLIROM
Iași, B-dul Carol I nr. 4; P.O. BOX 266, 700505
București, Splaiul Unirii nr. 6, bl. B3A, sc. 1, et. 1,
sector 4, 040031, O.P. 53

Descrierea CIP a Bibliotecii Naționale a României:

NOTHOMB, AMÉLIE

Igiena asasinului / Amélie Nothomb; trad. din lb. franceză de Giuliano Sfichi. – Iași: Polirom, 2022

ISBN: 978-973-46-9093-0

I. Sfichi, Giuliano (trad.)

821.133.1

Printed in ROMANIA

AMÉLIE
NOTHOMB

Igiena asasinului

Traducere din limba franceză
de Giuliano Sfichi

POLIROM
2022

AMÉLIE NOTHOMB s-a născut în 1967 la Kobe (Japonia). Este fiica unui ambasador belgian și nepoata omului politic Charles-Ferdinand Nothomb, descendenta unei ilustre familii bruxeleze care a adus provincia Luxemburg regatului Belgiei. Copilăria și adolescența ei sînt de fapt o lungă călătorie prin lume: își petrece primii trei ani de viață în Japonia, urmează China (Beijing), SUA (New York), Bangladesh, Birmania, Laos. În 1984, își începe studiile de filologie la Université Libre de Bruxelles. Adolescentă anorexică, Amélie mărturisește că abia la treizeci și patru de ani a reușit să se accepte „fizic", vindecîndu-se printr-o bulimie... a cititului și a scrisului: de zece ani, în fiecare toamnă un roman, imediat trecut în fruntea listei de best-selleruri. *Igiena asasinului,* prima ei carte, publicată la doar douăzeci și patru de ani, s-a vîndut în peste 300.000 de exemplare, iar *Uimire și cutremur* (distinsă cu Marele Premiu pentru roman al Academiei Franceze) s-a vîndut în aproape o jumătate de milion de exemplare. Tradusă peste tot în lume, invitată de mai multe ori la „Bouillon de culture", celebra emisiune a lui Bernard Pivot, Amélie Nothomb beneficiază de un portret compus din superlative: „fenomen literar și mediatic", „talent stupefiant", „succes fenomenal".

La Editura Polirom au apărut: *Metafizica tuburilor* (2004), *Mercur* (2004), *Antichrista* (2004, 2006), *Dicționar Robert de nume proprii* (2005), *Sabotaj din iubire* (2005), *Biografia foamei* (2006), *Cosmetica dușmanului* (2006), *Uimire și cutremur* (2002, 2006, 2022), *Catilinarele* (2006), *Acid sulfuric* (2007), *Peplum* (2007), *Jurnalul Rîndunicii* (2007), *Atentat* (2007), *În necunoștință de cauză* (2008), *Combustibilii* (2008), *Drept de viață și de moarte* (2009), *O formă de viață* (2012) și *Să-ți ucizi tatăl* (2012).

Cînd nu mai fu un secret pentru nimeni că excepționalul scriitor Prétextat Tach mai avea cel mult două luni de trăit, jurnaliști din lumea întreagă solicitară întrevederi private cu octogenarul. Bătrînul se bucura, desigur, de un prestigiu considerabil; totuși, uimirea nu fu mai puțin mare la vederea emisarilor unor cotidiene atît de cunoscute precum (ne-am permis să traducem) *Zvonuri din Nankin* și *The Bangladesh Observer*, care zoreau să ajungă la căpătîiul romancierului francofon. Astfel, cu două luni înainte de deces, domnul Tach putu să-și facă o idee despre dimensiunile celebrității sale.

Secretarul său își asumă sarcina de a efectua o selecție drastică a acestor propuneri: elimină toate ziarele în limbi străine întrucît muribundul nu vorbea decît franceza și nu se încredea în nici un interpret; refuză reporterii de culoare deoarece, cu vîrsta, scriitorul începuse să țină discursuri rasiste ce contrastau cu convingerile sale profunde (specialiștii tachieni, stînjeniți, vedeau aici expresia unei dorințe senile de a scandaliza); în sfîrșit, secretarul descurajă politicos solicitările posturilor de televiziune, ale revistelor pentru femei, ale ziarelor considerate prea politizate și mai cu seamă pe cele ale publicațiilor medicale, care ar fi vrut să știe cum reușise marele bărbat să se pricopsească cu un cancer atît de rar.

Domnul Tach aflase nu fără mîndrie că era atins de redutabilul sindrom Elzenveiverplatz, numit mai popular și „cancer al cartilajelor“, pe care savantul omonim îl descoperise în secolul al XIX-lea la Cayenne, la vreo zece ocnași întemnițați pentru violențe sexuale urmate de omucideri, și care nu mai fusese niciodată reperat de atunci încoace. Simți acel diagnostic ca pe o nesperată înnobilare: cu fizicul lui de obez imberb pe care doar vocea îl deosebea de un eunuc, se temea să nu moară de vreo stupidă boală vasculară. Scriindu-și epitaful, nu uită să pomenească sublimul nume al medicului teuton mulțumită căruia avea să răposeze cu eleganță.

Ca să spunem adevărul, supraviețuirea acestui sedentar adipos pînă la vîrsta de optzeci și patru de ani lăsa perplexă medicina modernă. Omul era atît de gras încît recunoștea că, de ani de zile, nu mai era în stare să umble; îi trimisese la plimbare pe dieteticieni cu recomandările lor și se îndopa groaznic. Pe deasupra, își fuma cele douăzeci de havane obișnuite în fiecare zi. În schimb, cu băutura era foarte moderat, iar castitatea o practica încă din timpuri imemoriale: medicii nu găseau altă explicație pentru buna funcționare a unei inimi înăbușite de grăsime. Supraviețuirea lui nu era totuși mai puțin misterioasă, ca și originea sindromului ce avea să-i pună capăt zilelor.

Nu a existat nici un organ de presă în lume care să nu se scandalizeze în fața mediatizării acestei morți apropiate. Poșta redacției reflectă amplu asemenea autocritici. În concordanță cu legile informației moderne, reportajele puținilor jurnaliști selectați fură cu atît mai așteptate.

Biografii stăteau deja la pîndă. Editorii își înarmau batalioanele. Firește, s-au găsit și cîțiva intelectuali care să se întrebe dacă acest succes prodigios nu era o exagerare: oare Prétextat Tach inovase cu adevărat? Nu cumva fusese doar moștenitorul ingenios al unor creatori necunoscuți? Și citau, spre a-și întări spusele, cîțiva autori cu nume ezoterice ale căror opere nu le citiseră, ceea ce le permitea să vorbească adînc despre ele.

Toți acești factori au concurat la a asigura un răsunet excepțional agoniei. Nu încăpea nici o îndoială, era un succes.

Autorul, cu douăzeci și două de romane la activ, locuia la parterul unui imobil modest: avea nevoie de o locuință în care totul să fie plan, căci se deplasa într-un scaun cu rotile. Trăia singur și fără nici un animal de companie. Zilnic, o infirmieră extrem de curajoasă trecea pe la ora 17 pentru a-l spăla. N-ar fi suportat ca altcineva să facă piața în locul lui: mergea singur să-și tîrguiască proviziile la băcăniile din cartier. Secretarul său, Ernest Gravelin, locuia cu patru etaje mai sus, însă evita pe cît posibil să dea ochii cu el; îl suna în mod regulat, iar Tach nu uita niciodată să înceapă conversația prin cuvintele: „Îmi pare rău, dragă Ernest, încă n-am murit".

Jurnaliștilor selectați, Gravelin le repeta totuși că bătrînul avea un fond bun: nu-și dăruia oare an de an jumătate din venituri unei fundații de caritate? Iar generozitatea aceea secretă nu se simțea răzbătînd din anumite personaje ale romanelor sale? „Bineînțeles, ne terorizează pe toți, pe mine în primul rînd, dar susțin în continuare că masca agresivă e o cochetărie: îi place să facă pe obezul placid și crud numai ca să ascundă o sensibilitate ieșită din comun." Aceste cuvinte nu-i liniștiră pe ziariștii care, de altminteri, nici nu voiau să se vindece de o teamă pentru care erau invidiați: le conferea o aură de corespondenți de război.

Vestea decesului iminent căzuse pe 10 ianuarie. Primul jurnalist putu să-l întîlnească pe scriitor abia pe 14. Pătrunse în inima apartamentului, unde domnea o beznă atît de adîncă încît avu nevoie de ceva timp pînă să distingă silueta mătăhăloasă așezată într-un scaun cu rotile, în mijlocul sufrageriei. Vocea sepulcrală a octogenarului se mulțumi cu un „Bună ziua, domnule" inexpresiv, menit să-l facă să se simtă mai în largul lui, ceea ce-l crispă și mai mult pe nefericit.

— Încîntat să vă cunosc, domnule Tach. Este o mare onoare pentru mine.

Magnetofonul mergea, pîndind vorbele bătrînului, care rămînea tăcut.

— Dacă-mi permiteți, domnule Tach, aș putea aprinde o lumină? Nu vă deslușesc chipul.

— E ora 10 dimineața, domnule. Nu aprind lumina la ora asta. De altfel, ai să mă vezi cît de curînd, de îndată ce ochii dumitale se vor obișnui cu întunericul. Profită deci de răgazul ce ți se acordă și mulțumește-te cu glasul meu, e tot ce am mai frumos.

— Ce-i drept, aveți o voce foarte frumoasă.

— Da.

Tăcere jenantă pentru intrus, care notă în carnetul lui: „T. are o tăcere necruțătoare. De evitat pe cît posibil".

— Domnule Tach, întreaga lume v-a admirat pentru hotărîrea cu care ați refuzat să vă internați în ciuda recomandărilor insistente ale medicilor. Cea dintîi întrebare care se impune este deci următoarea: cum vă simțiți?

— Mă simt așa cum mă simt de douăzeci de ani.

— Adică?

— Mă simt puțin.

— Puțin cum?

— Puțin.

— Da, înțeleg.

— Te admir.

Nici un strop de ironie în vocea de o neutralitate implacabilă a bolnavului. Jurnalistul rîse puțin, silit, apoi continuă:

— Domnule Tach, nu mă voi folosi, în fața unui om ca dumneavoastră, de perifrazele obișnuite în profesiunea mea. Ca atare, îmi îngădui să vă întreb care sînt gîndurile și stările interioare ale unui mare scriitor ce știe că trage să moară.

Tăcere. Oftat.

— Nu știu, domnule.

— Nu știți?

— Dacă aș fi știut la ce mă gîndesc, presupun că n-aș mai fi devenit scriitor.

— Vreți să spuneți că scrieți pentru a afla în sfîrșit la ce vă gîndiți?

— Posibil. Nu mai știu prea bine, a trecut atîta vreme de cînd n-am mai scris.

— Cum așa? Dar ultimul dumneavoastră roman a apărut acum mai puțin de doi ani...

— Golire de sertar, domnule. Sertarele îmi sînt atît de pline încît în deceniul ce va urma morții mele s-ar putea edita cîte un nou roman în fiecare an.

— Extraordinar! Cînd ați încetat să mai scrieți?

— La cincizeci și nouă de ani.

— Și atunci toate romanele pe care le-ați scos de douăzeci și patru de ani încoace însemnau goliri de sertare?

— Știi să socotești.

— La ce vîrstă ați început să scrieți?

— Greu de spus: am început și m-am oprit de mai multe ori. Prima dată, aveam șase ani și scriam tragedii.

— Tragedii, la șase ani?

— Da, în versuri. Fără vlagă. M-am oprit la șapte ani. La nouă ani, am recidivat, ceea ce mi-a adus cîteva elegii, tot în versuri. Disprețuiam proza.

— Surprinzător din partea unuia dintre cei mai mari prozatori ai epocii.

— La unsprezece ani m-am oprit din nou și n-am mai scris un rînd pînă cînd n-am împlinit optsprezece.

Jurnalistul notă în carnet: „T. primește complimentele fără să protesteze".

— Iar la optsprezece ani?

— Am luat-o de la capăt. La început scriam destul de puțin, apoi din ce în ce mai mult. La douăzeci și trei de ani mi-am atins viteza de croazieră, pe care am menținut-o vreme de treizeci și șase de ani.

— Ce vreți să spuneți prin această „viteză de croazieră“?

— N-am mai făcut altceva. Scriam necontenit; în afară de faptul că mîncam, fumam și dormeam, nu mai aveam nici o altă activitate.

— Nu ieșeați niciodată?

— Numai cînd n-aveam încotro.

— În fond, nimeni n-a știut vreodată cu ce v-ați ocupat în timpul războiului.

— Nici eu.

— Cum aș putea să vă cred?

— Ăsta-i adevărul. De la douăzeci și trei pînă la cincizeci și nouă de ani, zilele mele au fost atît de asemănătoare... Am, în ce privește acești treizeci și șase de ani, o amintire lungă și aproape lipsită de cronologie: mă trezeam ca să scriu, mă culcam cînd isprăveam de scris.

— Și totuși, ați trecut prin război ca toată lumea. De pildă, cum făceați ca să vă procurați alimente?

Jurnalistul știa că abordează un domeniu esențial în existența obezului.

— Da, îmi aduc aminte că am mîncat prost în anii aceia.

— Vedeți dar!

— N-am suferit. Pe atunci, eram găman, dar nu gurmand. Și aveam niște provizii nemaipomenite de trabuce.

— Cînd ați devenit gurmand?

— Cînd m-am oprit din scris. Înainte, n-aveam cînd.

— Și de ce v-ați oprit din scris?

— În ziua în care am împlinit cincizeci și nouă de ani, am simțit că se terminase.

— După ce anume ați simțit?

— Nu știu. A venit ca o menopauză. Am lăsat un roman neîncheiat. E foarte bine: într-o carieră reușită, ai nevoie de un roman neîncheiat ca să fii credibil. Altfel, ești luat drept un scriitor de mîna a șaptea.

— Așadar, ați petrecut treizeci și șase de ani scriind fără întrerupere și dintr-o dată, gata, n-ați mai scris un rînd.

— Da.

— Și ce ați făcut în cei douăzeci și patru de ani care au urmat?

— Ți-am spus, am devenit gurmand.

— Cu regim complet?

— Să spunem mai degrabă cu regim intens.

— Și în afară de asta?

— Vezi dumneata, e ceva care îți ia timp. În afară de asta, aproape nimic. I-am recitit pe clasici. A, era să uit, mi-am cumpărat televizor.

— Cum, vă place televiziunea? Tocmai dumneavoastră?

— Reclamele, numai reclamele, le ador.

— Nimic altceva?

— Nu, exceptînd reclamele, televiziunea nu-mi place.

— Extraordinar: v-ați petrecut deci douăzeci și patru de ani mîncînd și uitîndu-vă la televizor?

— Nu, pe lîngă asta am dormit și am fumat. Am mai și citit puțin.

— Și totuși, mereu am auzit vorbindu-se despre dumneavoastră.

— Vina o poartă secretarul meu, acest excepțional Ernest Gravelin. El se îngrijește să-mi golească sertarele, să se întîlnească cu editorii, să-mi construiască legenda și mai ales să dezvolte tot felul de teorii medicale în speranța de a mă pune la regim.

— În zadar.

— Din fericire. Ar fi fost o nerozie să mă supun la privațiuni întrucît, la urma urmelor, cancerul meu nu se datorează alimentației.

— Care este atunci originea lui?

— Misterioasă, dar nu alimentară. Potrivit lui Elzenveiverplatz (obezul se delecta articulînd acest patronim), ar trebui să vedem aici un accident genetic programat încă dinainte de naștere. Am avut așadar dreptate să mănînc după pofta inimii.

— Adică v-ați născut condamnat?

— Da, domnule, ca un adevărat erou tragic. Să-mi mai vorbească cineva despre libertatea umană.

— Ați beneficiat totuși de o amînare de optzeci și trei de ani.

— De o amînare, exact.

— Dar n-o să negați că ați fost liber în acești optzeci și trei de ani! De pildă, ați fi putut să nu scrieți...

— Nu cumva, așa, din întîmplare, îmi reproșezi că am scris?

— Nu asta voiam să spun.

— Aha. Păcat, mai că începeam să te stimez.

— Totuși, nu regretați că ați scris?

— Să regret? Nu sînt în stare să regret. Vrei o caramea?

— Nu, mulțumesc.

Romancierul înfulecă o caramea și o clefăi zgomotos.

— Vă e frică de moarte, domnule Tach?

— Cîtuși de puțin. Moartea nu trebuie să fie o schimbare prea mare. Pe de altă parte însă, mi-e teamă să nu sufăr. Mi-am procurat stocuri întregi de morfină pe care am să mi-o pot injecta singur. Datorită ei, nu-mi mai e teamă.

— Credeți în viața de după moarte?

— Nu.

— Atunci credeți că moartea înseamnă o anihilare?

— Cum să anihilezi ceva ce-i deja anihilat?

— Teribil răspuns.

— Nu e un răspuns.

— Înțeleg.

— Te admir.

— În sfîrșit, voiam să zic că... (jurnalistul încercă să inventeze ce ar fi vrut să spună, prefăcîndu-se că ar fi fost încurcat de cine știe ce problemă de formulare) un romancier este o persoană care pune întrebările, nu care le dă răspuns.

Tăcere mormîntală.

— În sfîrșit, nu e chiar ce voiam să spun...

— Nu? Păcat. Tocmai mă gîndeam că e bine zis.

— Și dacă am vorbi acum despre opera dumneavoastră?

— Dacă ții neapărat.

— Nu vă place să vorbiți despre asta, nu-i așa?

— Dumitale nu ți se poate ascunde nimic.

— Ca toți marii scriitori, dați dovadă de o mare pudoare de îndată ce vine vorba despre scrierile dumneavoastră.

— Pudoare, eu? Cred că te înșeli.

— S-ar părea că vă face plăcere să vă descalificați singur. De ce negați că ați fi pudic?

— Pentru că nu sînt, domnule.

— Atunci de ce vă repugnă să vorbiți despre romanele dumneavoastră?

— Pentru că n-are nici o noimă să vorbești despre un roman.

— Și totuși, este pasionant să asculți un romancier vorbind despre creația sa, destăinuind cum, de ce și împotriva a ce anume scrie.

— Dacă un scriitor reușește să fie pasionant în legătură cu subiectul ăsta, atunci nu-s decît două posibilități: fie repetă cu glas tare ce-a scris în cartea lui și atunci e un papagal; fie explică niște chestii interesante despre care n-a vorbit acolo, caz în care cartea e ratată pentru că nu izbutește să spună totul.

— Cu toate acestea, mulți dintre marii scriitori au reușit să vorbească despre cărțile lor evitînd astfel de capcane.

— Te contrazici: acum două minute mă îmbrobodeai că toți marii scriitori dau dovadă de o mare pudoare de îndată ce vine vorba de scrierile lor.

— Dar poți vorbi despre o carte lăsîndu-i secretul neatins.

— A, da? Ai încercat dumneata?

— Nu, dar eu nu sînt scriitor.

— Atunci cu ce drept îmi torni mie baliverne dintr-astea?

— Nu sînteți primul scriitor căruia îi iau un interviu.

— Nu cumva îndrăznești să mă compari cu conțopiștii pe care-i interoghezi de obicei?

— Nu sînt niște conțopiști!

— Dacă reușesc să pălăvrăgească despre opera lor și să rămînă pasionanți și pudici, atunci nu-ncape îndoială că sînt niște conțopiști. Cum ai vrea dumneata ca un scriitor să fie pudic? E meseria cea mai impudică din lume: prin stil, idei, poveste și cercetări, scriitorii nu vorbesc niciodată decît despre ei înșiși, ba, colac peste pupăză, se mai folosesc și de cuvinte. Și pictorii sau muzicienii vorbesc despre ei înșiși, dar într-un limbaj mult mai puțin crud decît al nostru. Nu, domnule, scriitorii sînt obsceni; altminteri, ar fi și ei contabili, conductori de tren, telefoniști, într-un cuvînt, oameni respectabili.

— Fie. Atunci explicați-mi de ce dumneavoastră sînteți atît de pudic.

— Ce tot îndrugi acolo?

— Ați auzit bine. De șaizeci de ani sînteți scriitor în toată puterea cuvîntului, iar acesta este primul dumneavoastră interviu. Nu apăreți niciodată în ziare, nu frecventați nici un cerc, fie el literar sau nu, la drept vorbind nu ieșiți niciodată din apartament decît pentru a face cumpărături. Dacă asta nu e pudoare, atunci ce e?

— Ți s-au obișnuit ochii cu întunericul? Acum îmi deslușești chipul?

— Da, vag.

— Cu atît mai bine pentru dumneata. Află, domnule, că dacă aș fi frumos n-aș mai trăi claustrat aici. De fapt, dacă aș fi fost frumos n-aș mai fi ajuns niciodată scriitor. M-aș fi făcut aventurier, negustor de sclavi, barman, vînător de zestre.

— Așadar, stabiliți o legătură între fizicul și vocația dumneavoastră?

— Nu-i vocație. Asta s-a întîmplat cînd am constatat cît sînt de urît.

— Și cînd ați făcut această constatare?

— Foarte de timpuriu. Totdeauna am fost urît.

— Dar nu sînteți chiar atît de urît.

— Cel puțin dumneata ești delicat.

— În sfîrșit, sînteți gras, dar nu urît.

— Ce-ai mai vrea? Patru bărbii, ochi porcini, nasul ca o cartoafă, păr pe cap cît pe obraji, ceafa toată numai șunci, fălci care atîrnă - și, din respect pentru dumneata - mă limitez la chip.

— Totdeauna ați fost atît de gras?

— La optsprezece ani, eram deja așa - poți să spui obez, n-o să mă simt jignit.

— Bine, obez, dar omul vă poate privi fără să se înfioare.

— Sînt de acord că aș putea fi și mai respingător: aș putea avea cuperoză, negi...

— Pe cînd dumneavoastră aveți o piele foarte frumoasă, albă, întinsă, îți dai seama că e catifelată la pipăit.

— Un ten de eunuc, dragă domnule. E ceva grotesc să ai o asemenea piele pe față, mai cu seamă pe o față dolofană și imberbă: de fapt, țeasta îmi seamănă cu o frumoasă pereche de fese netede și moi. O țeastă care te îndeamnă mai curînd să rîzi decît să vomiți; uneori, mi-ar fi plăcut mai mult să provoace voma. E mai tonică.

— N-aș fi crezut în ruptul capului că suferiți din pricina felului în care arătați.

— Nu sufăr. Suferința e pentru ceilalți, pentru cei care mă văd. Eu, unul, nu mă văd. Nu mă privesc niciodată în oglindă. Aș suferi dacă aș fi ales altă viață; pentru viața pe care o duc, trupul ăsta îmi convine.

— Ați fi preferat să alegeți o altă viață?

— Nu știu. Cîteodată mă gîndesc că toate viețile sînt la fel. Cert e că nu simt nici o părere de rău. Dacă aș avea iarăși optsprezece ani și același trup, aș lua-o de la capăt, aș trăi întocmai cum am trăit – în măsura în care chiar am trăit.

— A scrie nu înseamnă a trăi?

— Nu-s eu cel mai în măsură să răspund la o asemenea întrebare. N-am făcut niciodată altceva.

— V-au fost publicate deja douăzeci și două de romane și, după cîte mi-ați spus, vor urma și altele. Din mulțimea de personaje ce dau viață acestei imense opere, există vreunul cu care să semănați în mod deosebit?

— Nici unul.

— Chiar așa? Am să vă fac o mărturisire: există un personaj ce-mi pare a fi sosia dumneavoastră.

— Aha!

— Da, misteriosul vînzător de ceară din *Crucifixiunea fără dureri*.

— El? Ce idee absurdă!

— Am să vă spun și de ce: cînd vorbește el, scrieți tot timpul „crucificțiune“.

— Și?

— Nu se lasă dus de nas. Știe că e o ficțiune.

— Cititorul știe și el. Și nu seamănă cu mine.

— Dar mania lui de a face mulaje din ceară cu chipuri de crucificați – vă reprezintă, nu-i așa?

— N-am făcut niciodată mulaje de crucificați, te asigur.

— Firește, dar este o metaforă pentru ceea ce faceți.

— Ce știi dumneata despre metafore, tinere?

— Păi... ce știe toată lumea.

— Excelent răspuns. Oamenii nu știu nimic despre metafore. E un cuvînt care se vinde bine fiindcă are clasă. „Metaforă“: pînă și ultimul analfabet știe că vine din grecește. Au o trecere nemaipomenită etimologiile astea contrafăcute – chiar așa, contrafăcute: cine cunoaște înfricoșătoarea polisemie a prepoziției *meta* și neutralitățile factotum ale verbului *phero* ar trebui, dacă vrea să rămînă de bună-credință, să conchidă că termenul „metaforă“ poate însemna absolut orice. De altminteri, dacă ne uităm la modul cum e întrebuințat, ajungem la aceleași concluzii.

— Ce vreți să spuneți?

— Exact ce-am spus. Eu nu mă exprim prin metafore.

— Dar atunci ce sînt mulajele acelea de ceară?

— Mulajele acelea de ceară sînt niște mulaje de ceară, domnule.

— E rîndul meu să fiu dezamăgit, domnule Tach, întrucît, dacă excludeți orice interpretare metaforică, tot ce mai rămîne din operele dumneavoastră este prostul lor gust.

— Există prost-gust și prost-gust: există prostul-gust sănătos și regenerator ce constă în a crea orori cu scopuri salubre, purgative, vesele și bărbătești ca o vomă bine controlată, și mai există și celălalt prost-gust, apostolic, care, ofensat de această delicioasă borîtură, are nevoie de un combinezon etanș ca să-și croiască drum prin ea. Acest costum de scafandru este tocmai metafora, care-i permite metaforistului ușurat să exclame: „L-am parcurs pe Tach de la un capăt la altul și nu m-am mînjit!".

— Păi și asta e tot o metaforă.

— Vezi bine: încerc să sparg găozul metaforei cu propriile-i arme. Dacă aș fi vrut să fac pe mesia, dacă ar fi trebuit să electrizez masele, aș fi strigat: „Ostași, alăturați-vă misiunii mele izbăvitoare; să metaforizăm metaforele, să le amestecăm, să le batem spumă și să facem din ele un sufleu, iar sufleul ăsta să se umfle, să se umfle grozav, să se împlinească și, în sfîrșit, să bubuie, ostașii mei, să se surpe, să se pleoștească și să-i dezamăgească pe meseni spre marea noastră bucurie!".

— Un scriitor care urăște metaforele ar fi la fel de absurd ca un bancher care urăște banii.

— Sînt sigur că marii bancheri urăsc banii. Nu-i nimic absurd aici, dimpotrivă.

— Totuși, iubiți cuvintele?

— Ah, ador cuvintele, dar asta-i altă mîncare de pește. Cuvintele sînt frumoasele materii prime, ingredientele sacre.

— Atunci metafora e bucătăria - iar dumneavoastră vă place bucătăria.

— Nu, domnule, metafora nu e bucătăria, metafora e sintaxa. Metafora înseamnă rea-credință; înseamnă să muști dintr-o roșie și să zici că are gust de miere, apoi să mănînci miere și să zici că are gust de ghimbir, apoi să ronțăi ghimbir și să zici că are gust de salsaparila, apoi...

— Bine, am înțeles, n-are rost să mai continuați.

— Nu, n-ai înțeles: ca să te fac să înțelegi ce înseamnă cu adevărat o metaforă, ar trebui să continuu ceasuri întregi cu jocul ăsta, pentru că metaforiștii nu se opresc niciodată, ci continuă pînă se găsește vreun binefăcător să le dea peste bot.

— Binefăcătorul sînteți dumneavoastră, presupun.

— Nu. Totdeauna am fost puțin prea moale și prea fin.

— Dumneavoastră, fin?

— Îngrozitor de fin. Nu cunosc om mai fin ca mine. Finețea asta-i îngrozitoare, pentru că niciodată nu-s fin din finețe, ci din lehamite și mai cu seamă din teamă de exasperare. Una-două ajung la exasperare și o suport foarte greu, de aceea fug de ea ca de ciumă.

— Disprețuiți finețea?

— Nu pricepi o iotă din ce spun eu aici. Admir finețea cînd pornește din finețe sau din iubire. Dar cunoști dumneata mulți oameni care să practice așa niște finețuri? În imensa majoritate a cazurilor, oamenii sînt finuți ca să nu-i mai freci la cap.

— Să admitem. Însă tot nu m-ați lămurit de ce vînzătorul de ceară făcea mulaje de crucificați.

— De ce să nu facă? Toate meseriile sînt de folos și vrednice de respect. Dumneata ești jurnalist. Te întreb eu de ce?

— Puteți să o faceți. Sînt jurnalist pentru că există o cerere, pentru că niște oameni se interesează de articolele mele, pentru că mi le cumpără, pentru că asta îmi permite să comunic o informație...

— În locul dumitale, nu m-aș lăuda cu așa ceva.

— Dar bine, domnule Tach, toți trebuie să trăim!

— Crezi?

— Asta faceți și dumneavoastră, nu?

— Rămîne de dovedit.

— În orice caz, asta face vînzătorul dumneavoastră de ceară.

— Ții mult la acest cumsecade vînzător de ceară. De ce face mulaje de crucificați? Din motive, presupun, diametral opuse față de ale dumitale: pentru că nu există o cerere, pentru că ceea ce face nu-i interesează pe oameni, pentru că nu i le cumpără, pentru că asta nu-i permite să comunice nici o informație...

— O expresie a absurdului deci?

— Nu mai absurd decît ce faci dumneata, dacă vrei părerea mea – dar o vrei?

— Bineînțeles, doar sînt jurnalist.

— Tocmai.

— De ce această agresivitate față de jurnaliști?

— Nu față de jurnaliști, față de dumneata.

— Ce-am făcut ca să o merit?

— Nu, că ești culmea! O clipă n-ai încetat să mă insulți, să mă tratezi drept metaforist, să mă categorisești drept lipsit de bun-gust, să zici că nu-s „chiar atît“ de urît, să te legi de vînzătorul de ceară și, culmea culmilor, să pretinzi că mă înțelegi.

— Păi... ce altceva ar fi trebuit să spun?

— Asta-i meseria dumitale, nu a mea. Cînd ești atîta de prost, nu mai vii să-l hărțuiești pe Prétextat Tach.

— Dumneavoastră mi-ați îngăduit.

— În nici un caz. Tot zevzecul ăla de Gravelin, care n-are pic de discernămînt.

— La început ziceați că e un om minunat.

— Asta nu exclude prostia.

— Haide, domnule Tach, nu încercați să fiți mai dezagreabil decît sînteți.

— Ce neobrăzare! Ieși afară imediat!

— Dar... interviul e abia la început.

— A durat prea mult, necioplitule! Piei de-aici! Și spune-le confraților tăi că Prétextat Tach trebuie respectat!

Jurnalistul o șterse cu coada între picioare.

Colegii săi ciocneau un păhărel la cafeneaua din față și nu se așteptau să-l vadă ieșind atît de repede. Îi făcură semn. Nefericitul, verde la față, veni și se prăbuși lîngă ei.

După ce comandă un Porto Flip triplu, găsi tăria de a-și istorisi pățaniile. Din cauza fricii, răspîndea un miros cumplit, același pe care trebuie să-l fi răspîndit Iona la ieșirea din pîntecul cetaceului. Interlocutorii erau deranjați. Nu-și dădea seama că mirosea a stătut? El însuși pomeni de Iona:

— Burta balenei! Vă asigur, nu lipsea nimic! Bezna, urîtul, teama, claustrofobia...

— Duhoarea? riscă un confrate.

— E singurul lucru care lipsea. Dar el! El! Ce rînză de om! Alunecos ca un ficat, umflat cum trebuie să-i fie și stomacul! Perfid precum splina, amar ca fierea! Privirea lui mi-era de-ajuns ca să simt că mă digeră, mă dizolvă în sucurile metabolismului său totalitar!

— Hai că mai pui și de la tine!

— Dimpotrivă, n-am să găsesc niciodată o expresie destul de tare. Să-l fi văzut numai ce furios era la urmă! N-am văzut de cînd sînt furie mai înspăimîntătoare: subită și, în același timp, perfect controlată. M-aș fi așteptat ca o asemenea huidumă să se înroșească la față, să se buhăiască, să se înăbușe, să asude în valuri. Da' de unde, focul acelei mînii nu-și avea pereche decît în frigiditatea ei! Cu ce glas mi-a ordonat să ies! În fantasmele mele, așa vorbeau împărații chinezi cînd porunceau descăpățînarea pe loc.

— În orice caz, ți-a dat ocazia să faci pe eroul.

— Credeți? În viața mea nu m-am simțit mai jalnic.

Dădu peste cap paharul de Porto Flip și izbucni în hohote.

— Lasă, nu-i prima oară cînd un jurnalist e catalogat drept zevzec!

— Oh, am fost eu dat afară și mai urît. Numai că de data asta – felul cum o spunea, fața aceea netedă, glacială, disprețuitoare – a fost ceva extrem de convingător!

— Ne dai voie să ascultăm înregistrarea?

Într-o tăcere sepulcrală, magnetofonul își depănă adevărul – desigur, parțial, căci lipseau faciesul placid, întunericul, mîinile mari și inexpresive, imobilitatea generală, toate elementele care, împreună, îl făcuseră pe bietul om să duhnească de frică. Cînd terminară audiția, colegii săi, deopotrivă cîinoși și omenoși, nu pierdură prilejul să-i dea dreptate romancierului, să-l admire, iar fiecare își aduse micul comentariu, dojenind victima:

— Bătrîne, ai căutat-o cu lumînarea! I-ai vorbit despre literatură ca din manuale. Îi înțeleg reacția.

— De ce-ai vrut să-l identifici cu unul dintre personajele lui? E o chestie atît de primitivă!

— Și toate întrebările alea legate de biografie, așa ceva nu mai interesează pe nimeni. N-ai citit Proust, *Împotriva lui Sainte-Beuve*?

— Ai gafat cînd te-ai apucat să-i spui că intervievezi scriitori în mod curent!

— Iar cînd i-ai zis că nu-i chiar atît de urît ai fost lipsit de delicatețe! Puțin tact, bătrîne, bietul de tine!

— Și apoi metafora! Aici chiar că ți-a tras-o. Nu că vreau să te amărăsc, dar ai meritat-o.

— Nu, zău, dar să-i vorbești despre absurd unui geniu precum Tach! Ce nătăfleț!

— În orice caz, un lucru reiese cu claritate din interviul tău ratat: tipu' e formidabil. Ce inteligență!

— Ce elocință!

— Ce agerime la așa un obez!

— Ce concizie în răutate!

— Recunoașteți măcar că e rău? strigă nenorocitul, agățîndu-se de un ultim colac de salvare.

— Nu îndeajuns, dacă vrei să știi părerea mea.

— Mi s-a părut chiar că a fost de treabă cu tine.

— Și comic. Cînd ai fost – mă ierți – destul de neghiob să-i spui că-l înțelegi, ar fi avut tot dreptul să-ți tragă o înjurătură răsunătoare. Cînd colo, s-a mulțumit să-ți replice cu un umor și cu o subtilitate pe care, după toate aparențele, nici măcar n-ai fost în stare să le detectezi.

— *Margaritas ante porcos.*

Haita îl încolțise. Victima comandă încă un Porto Flip triplu.

Cît despre Prétextat Tach, el unul prefera cocteilurile Alexandra. În general, bea puțin, însă cînd voia să se cherchelească nițel o făcea întotdeauna cu Alexandra. Ținea să le prepare cu mîna lui, căci nu avea încredere în proporțiile altora. Intransigent, obezul avea obiceiul să repete, savurîndu-și țîfna, o maximă de producție proprie: „Reaua-credință a unui individ se măsoară după felul cum dozează un Alexandra".

Dacă cineva i-ar fi aplicat axioma lui Prétextat însuși, ar fi fost silit să conchidă că acesta era întruchiparea bunei-credințe. O singură dușcă din cocteilul lui ar fi fost suficientă pentru a-l face knock-out pe laureatul unui concurs de înghițit gălbenușuri crude sau lapte concentrat și îndulcit. Romancierul digera hanapuri întregi fără umbră de indispoziție. Lui Gravelin, care se minuna, îi spusese odată: „Sînt un Mitridate al cocteilului Alexandra.

— Dar se mai poate vorbi de Alexandra? replicase Gravelin.

— E însăși chintesența lui, iar pegra nu va cunoaște niciodată decît netrebnice diluții".

La niște sentințe atît de auguste nu se mai poate adăuga nimic.

— Domnule Prétextat Tach, înainte de orice, țin să vă prezint scuze în numele întregii noastre branșe pentru cele întîmplate ieri.

— Și ce s-a întîmplat ieri, mă rog?

— Ei bine, mă gîndesc la jurnalistul care ne-a dezonorat deranjîndu-vă.

— A, îmi aduc aminte. Un băiat tare simpatic. Cînd îl mai văd?

— Niciodată, fiți liniștit. Dacă vă face plăcere, aflați că astăzi suferă ca un cîine.

— Bietul băiat! Ce-a pățit?

— Prea mult Porto Flip.

— Am știut dintotdeauna că Porto Flip-ul e o mizerie. Dacă aș fi fost la curent cu gustul lui pentru amestecurile întăritoare, i-aș fi preparat un Alexandra cum se cuvine: nu există nimic mai bun pentru metabolism. Vrei un Alexandra, tinere?

— Mulțumesc, niciodată în timpul serviciului.

Jurnalistul nu băgă de seamă privirea încărcată de suspiciune pe care o provocă acest refuz.

— Domnule Prétextat Tach, nu trebuie să fiți supărat pe colegul nostru de ieri. Se cuvine spus că puțini sînt jurnaliștii pregătiți să întîlnească oameni ca dumneavoastră...

— Asta ar mai lipsi. Să pregătești oameni ca să se întîlnească cu mine! O disciplină care s-ar numi „Arta de a aborda geniile"! Ce oroare!

— Nu-i așa? Deduc de aici că n-ați rămas supărat pe confratele nostru. Vă mulțumesc pentru indulgență.

— Ai venit să-mi vorbești despre colegul dumitale sau despre mine?

— Despre dumneavoastră, de bună seamă, nu era decît un preambul.

— Păcat. Pe legea mea, perspectiva mă copleșește într-atît încît am nevoie de un Alexandra. Fii bun și așteaptă cîteva clipe – la urma urmei, vina îți aparține, n-aveai decît să nu-mi vorbești despre Alexandra, mi-ai făcut poftă cu poveștile dumitale.

— Dar nu v-am vorbit despre Alexandra!

— Nu fi de rea-credință, tinere. Nu suport reaua-credință. Tot nu vrei din licoarea mea?

Jurnalistul nu-și dădu seama că Tach îi oferea o ultimă șansă de salvare și o lăsă să treacă. Ridicînd din umerii săi masivi, romancierul își îndreptă scaunul cu rotile spre un soi de sicriu al cărui capac îl ridică, dînd la iveală sticle, cutii de conserve și hanapuri.

— E un coșciug merovingian, explică obezul, pe care l-am transformat în bar.

Înșfăcă o cupă metalică adîncă, își turnă o porție zdravănă de cremă de cacao, apoi una de coniac. După care aruncă o privire șmecheră spre ziarist.

— Acum vei afla secretul șefului. Muritorii de rînd încorporează o ultimă treime de frișcă proaspătă. Mi se pare că e un pic prea greu, așa că am înlocuit frișca cu o doză echivalentă de... (înhăță o conservă) lapte concentrat și îndulcit (își însoți spusele cu gestul corespunzător).

— Dar trebuie să fie cumplit de grețos! exclamă jurnalistul, agravîndu-și situația.

— Anul ăsta, iarna e blîndă. Cînd e aspră, îmi garnisesc cocteilul cu un boț măricel de unt topit.

— Poftim?

— Chiar așa. Laptele concentrat e mai puțin gras decît frișca, și atunci trebuie să compensez. De fapt, întrucît sîntem totuși pe 15 ianuarie, aș avea dreptul, teoretic, la unt, însă pentru asta ar trebui să mă duc pînă la bucătărie și să te las singur, ceea ce ar fi necuviincios. Mă voi abține deci de la unt.

— Vă rog, nu vă simțiți stînjenit din cauza mea.

— Nu, asta este! În cinstea ultimatumului ce expiră astă-seară, mă voi lipsi de unt.

— Vă interesează criza din Golf?

— Pînă acolo încît nu-mi mai pun unt în cocteil.

— Urmăriți știrile la televizor?

— Între două secvențe de publicitate, mi se întîmplă să mai suport și ceva informații.

— Ce credeți despre criza din Golf?

— Nimic.

— Altceva?

— Nimic.

— Vă e indiferentă?

— În nici un caz. Ceea ce aș putea crede eu n-are însă nici un sens. Altcuiva, nu unui obez neputincios, trebuie să-i ceri părerea în legătură cu criza asta. Nu-s nici general, nici pacifist, nici pompagiu, nici irakian. În schimb, dacă ai să mă întrebi despre Alexandra, am să fiu strălucitor.

Pentru a încheia această frumoasă șarjă, romancierul duse hanapul la buze și gîlgîi lacom cîteva gîturi.

— De ce beți dintr-un recipient de metal?

— Nu-mi place transparența. Este și unul din motivele pentru care sînt așa de gras: nu-mi place să se vadă prin mine.

— În legătură cu acest subiect, mă simt ispitit să vă pun întrebarea pe care toți jurnaliștii ar vrea să v-o pună, fără să îndrăznească însă nici unul.

— Cît cîntăresc?

— Nu, ce mîncați. Se știe că mîncarea ocupă un loc de o importanță covîrșitoare în viața dumneavoastră. Gastronomia și consecința ei firească, digestia, stau în centrul unora dintre romanele dumneavoastră mai recente, precum *Apologia dispepsiei*, operă ce-mi pare a conține o sinteză a preocupărilor dumneavostră metafizice.

— Exact. Consider că metafizica este modul privilegiat de exprimare a metabolismului. În aceeași ordine de idei, deoarece metabolismul se împarte în anabolism și catabolism, am scindat metafizica în anafizică și catafizică. Nu trebuie să vedem aici o tensiune dualistă, ci două faze obligatorii și, ceea ce este mai puțin confortabil, simultane ale aceluiași proces de gîndire consacrat trivialității.

— N-ar trebui să vedem aici și o aluzie la Jarry și la patafizică?

— Nu, domnule. Eu sînt un scriitor serios, răspunse bătrînul pe un ton glacial, apoi sorbi din nou din cocteil.

— Așadar, domnule Tach, ați fi atît de bun să schițați etapele digestive ale unei zile obișnuite din viața dumneavoastră?

Se lăsă o tăcere solemnă, timp în care romancierul păru să reflecteze. Apoi începu să vorbească cu multă gravitate, ca și cum ar fi dezvăluit o dogmă secretă.

— Dimineața, mă trezesc pe la ora 8. În primul și-n primul rînd, mă duc la toaletă să-mi golesc vezica și intestinele. Dorești detalii?

— Nu, cred că e suficient.

— Cu atît mai bine, fiindcă e o etapă, sigur, indispensabilă în procesul digestiv, dar absolut dezgustătoare, crede-mă.

— Vă cred pe cuvînt.

— Fericiți cei ce n-au văzut și au crezut. După ce mă pudrez cu talc, mă duc să mă îmbrac.

— Totdeauna purtați acest halat?

— Da, mai puțin cînd ies să fac cumpărături.

— Infirmitatea nu vă deranjează în asemenea operațiuni?

— Am avut tot timpul să mă obișnuiesc. Apoi, merg la bucătărie și-mi pregătesc micul dejun. Înainte, cînd îmi petreceam zilele scriind, nu găteam, ci consumam alimente fruste, de pildă burtă rece...

— Burtă rece, dimineața?

— Îți înțeleg mirarea. Trebuie să-ți spun că, pe vremea aceea, scrisul era principala mea preocupare. Astăzi, mi-ar fi silă să mai mănînc burtă rece dimineața. De vreo douăzeci de ani, am luat obiceiul să o rumenesc preț de o jumătate de ceas în grăsime de gîscă.

— Burtă în grăsime de gîscă la micul dejun?

— Este excelentă.

— Și, în plus, un Alexandra?

— Nu, niciodată cînd mănînc. Pe vremea cînd scriam, beam o cafea tare. Acum, prefer un șodou. Apoi, ies să tîrguiesc și-mi petrec dimineața gătind cu tot dichisul feluri rafinate pentru prînz: clătite cu creier, rinichi înăbușit...

— Deserturi complicate?

— Rareori. Nu beau decît chestii dulci, așa că nu prea am chef de desert. Pe deasupra, între mese, mănînc cîteodată caramele. Pe vremea cînd eram tînăr, preferam caramelele scoțiene, nemaipomenit de tari. Dar vai, cu vîrsta, a trebuit să mă mulțumesc cu caramele moi, altminteri excelente. Susțin că nimic nu poate înlocui senzația de încleștare senzuală concomitentă cu paralizia maxilarelor pe care ți-o provoacă mestecarea de *English Toffee*... Notează ce am spus, mi se pare că sună bine.

— Inutil, totul se înregistrează.

— Cum? Nu-i cinstit! Vasăzică nu pot nici măcar să spun tîmpenii?

— Dumneavoastră nu spuneți niciodată tîmpenii, domnule Tach.

— Ești lingușitor precum un sicofant, domnule.

— Vă rog, duceți mai departe acest drum al crucii digestiv.

— Un drum al crucii digestiv? Bună expresie. Nu cumva ai șterpelit-o din vreun roman de-al meu?

— Nu, îmi aparține.

— M-ar mira. Ai jura că-i de Prétextat Tach. A fost o vreme cînd îmi cunoșteam operele pe de rost... Din păcate, avem vîrsta memoriei noastre, nu-i așa? Și nu a arterelor, cum spun imbecilii. Să vedem, „drum al crucii digestiv“, unde-oi fi scris asta?

— Domnule Tach, chiar dacă ați fi scris-o dumneavoastră, meritul meu de a fi rostit-o n-ar fi mai mic, avînd în vedere că...

Jurnalistul se opri, mușcîndu-și buzele.

— ...avînd în vedere că n-ai citit nimic de mine, nu? Mulțumesc, tinere, asta-i tot ce voiam să știu. Cine ești dumneata ca să înghit o gogoașă de asemenea dimensiuni? Eu, să inventez o expresie atît de mediocră și de calpă precum „drum al crucii digestiv“? E de nivelul unui teolog de mîna a doua ca dumneata. În sfîrșit, constat cu o ușurare puțin senilă că lumea literară nu s-a schimbat: acum, ca întotdeauna, triumfă cine se preface că l-a citit pe Cutare. Doar că, în epoca dumitale, nu mai ai nici un merit: azi există broșuri ce le permit și analfabeților să vorbească despre marii autori păstrînd toate aparențele unei culturi medii. De altfel, exact aici te înșeli: eu consider un merit tocmai faptul de a nu mă fi citit. Aș avea o caldă admirație pentru jurnalistul care ar veni să-mi pună întrebări fără să știe măcar cine sînt și care nu și-ar ascunde ignoranța. Dar să nu știi despre mine decît genul ăsta de milk-shake-uri deshidratate – „Adăugați apă și veți obține un milk-shake gata de a fi consumat" –, se poate oare închipui ceva mai mediocru?

— Încercați să înțelegeți. Sîntem în 15, iar vestea cancerului dumneavoastră a căzut pe 10. Ați publicat deja douăzeci și două de romane consistente, ar fi fost cu neputință să le citesc într-un timp atît de scurt, mai ales în această perioadă agitată cînd pîndim pînă și cele mai neînsemnate știri din Orientul Apropiat.

— Criza din Golf e mai importantă decît cadavrul meu, de acord cu dumneata. Dar ai fi fost mai inspirat dacă, în loc să buchisești broșurile ce-mi rezumă opera, ai fi petrecut același timp citind fie și zece pagini din vreuna dintre cele douăzeci și două de cărți ale mele.

— Am să vă fac o mărturisire.

— N-are rost, am înțeles: ai încercat și te-ai lăsat păgubaș fără să mai ajungi nici măcar la pagina 10, așa-i? Am ghicit de cum te-am văzut. Recunosc din prima oamenii care m-au citit: li se citește pe față. Dumneata nu pari nici vesel, nici abătut, nici gras, nici slab, și nici extatic: pari sănătos. Deci nu m-ai citit, ca și colegul dumitale de ieri. De altminteri, e și motivul pentru care, orice ai fi făcut, mai am încă o urmă de simpatie pentru dumneata. Cu atît mai mult cu cît ai renunțat înainte de pagina 10, ceea ce denotă o tărie de caracter de care n-am fost niciodată capabil. În plus, tentativa de mărturisire – inutilă – te onorează. De fapt, nici nu te-aș fi putut suferi dacă, deși m-ai fi citit, ai fi fost tot așa cum te văd. Ajunge însă cu atîtea condiționale ridicole. Vorbeam despre digestia mea, dacă-mi aduc bine aminte.

— Așa e. Mai precis, despre caramele.

— Ei bine, cînd îmi termin prînzul, mă îndrept spre fumoar. Este unul dintre momentele de vîrf ale zilei. Nu suport interviurile decît dimineața, pentru că după-amiaza fumez pînă la ora 17.

— De ce pînă la ora 17?

— La ora 17 sosește infirmiera aceea stupidă care găsește de cuviință să mă spele din cap pînă-n picioare: încă o idee de-a lui Gravelin. O baie zilnică, îți dai seama? *Vanitas vanitatum sed omnia vanitas*. Așa că mă răzbun și eu cum pot: fac astfel încît să duhnesc cît mai tare cu putință ca s-o incomodez pe proasta asta, îmi născocesc probleme cu circulația și-mi împănez prînzul cu căței întregi de usturoi, apoi fumez ca un turc pînă cînd îmi vine spălătoreasa.

Hohoti josnic.

— N-o să-mi spuneți că fumați atîta cu singurul scop de a o asfixia pe această nefericită.

— Ar fi un motiv suficient, însă adevărul e că ador să fumez trabuc. Dacă n-aș hotărî să fumez tocmai în orele acelea, n-ar fi nimic vătămător într-o asemenea activitate – zic bine activitate, căci pentru mine fumatul e o activitate în adevăratul sens al cuvîntului, în timpul căreia nu suport nici o vizită, nici un deranj.

— Foarte interesant, domnule Tach, dar să nu ne abatem de la subiect: trabucele nu au nimic de-a face cu digestia dumneavoastră.

— Crezi? Nu-s așa sigur. În sfîrșit, dacă nu te interesează... Dar baia, te interesează baia mea?

— Nu, doar dacă ați mînca săpunul sau dacă ați bea apa de clătit.

— Îți dai seama că tîrîtura mă dezbracă la piele, îmi fricționează cărnurile, îmi dușuiește dosul? Sînt sigur că simte o adevărată satisfacție să marineze un obez lipsit de apărare, golaș și imberb. Infirmierele-s toate niște obsedate. De-aia își și aleg meseria asta mizerabilă.

— Domnule Tach, cred că iarăși ne abatem...

— Nu-s de acord! Acest episod cotidian e atît de pervers încît îmi perturbă digestia. Dă-ți dumneata seama! Stau singur și gol ca degetul, murat, umilit, de o adipozitate monstruoasă, în fața creaturii ăleia îmbrăcate care, zi de zi, mă despoaie cu o expresie ipocrit profesională pentru a ascunde că-și udă chiloții, în caz că poartă așa ceva, iar cînd se întoarce la spital, sînt sigur că le dă amănunte prietenelor – tot niște tîrîturi – și poate că și ele...

— Domnule Tach, vă rog!

— Asta, dragul meu, are să te învețe minte să mă mai înregistrezi. Dacă ai lua note ca un jurnalist cinstit, ai putea cenzura ororile senile pe care ți le povestesc. În schimb, cu mașinăria dumitale, nu-i chip să alegi perlele de porcăriile mele.

— Iar după plecarea infirmierei?

— Deja după? Te miști repede. După, e trecut de ora 18. Tîrîtura mă îmbracă în pijama, ca pe bebelușii pe care-i îmbăiezi și-i pui în costumaș înainte să le dai ultimul biberon. La ora aceea, mă simt atît de infantil încît încep să mă joc.

— Vă jucați? De-a ce?

— De-a orice. Fac ture cu scaunul rulant, organizez un slalom, mă joc cu săgețelele – uită-te la peretele din spatele dumitale, ai să vezi stricăciunile – sau, supremul deliciu, rup paginile proaste din clasici.

— Cum?

— Chiar așa, curăț. *Principesa de Clèves*, spre exemplu: excelent roman, dar mult prea lung. Presupun că nu l-ai citit, așa că-ți recomand versiunea prescurtată prin grija mea: o capodoperă, o chintesență.

— Domnule Tach, ce-ați spune dacă, peste trei secole, din romanele dumneavoastră s-ar smulge paginile considerate de prisos?

— Te provoc să găsești fie și o pagină de prisos în cărțile mele.

— Doamna de la Fayette v-ar fi spus același lucru.

— Doar n-o să mă compari cu midineta aia!

— Orișicît, domnule Tach...

— Vrei să știi care-i visul meu secret? Un autodafé. Un minunat autodafé al întregii mele opere! Ți-am luat piuitul, hai?

— Bine. Și după toate aceste distracții?

— Pe cuvîntul meu, te obsedează mîncarea! Cum vorbesc despre altceva, cum mă aduci înapoi la haleală.

— Nu mă obsedează deloc, însă am început cu acest subiect, prin urmare trebuie să-l ducem pînă la capăt.

— Nu te obsedează? Mă dezamăgești, tinere. Să vorbim atunci de haleală, fiindcă tot nu te obsedează. După ce am curățat, am aruncat cu săgețele, am făcut slalom și m-am jucat de-ajuns, cînd toate activitățile astea m-au făcut să uit grozăvia băii, aprind televizorul, precum copilașii care se uită la emisiunile lor debile înainte să-și mănînce supica ori tăițeii în formă de litere. La ora aceea e foarte interesant. Ai cîte reclame vrei, mai ales la produse alimentare. Zapez astfel încît să-mi construiesc cea mai lungă secvență publicitară din lume: cu cele șaisprezece canale europene, e perfect posibil, dacă zapezi inteligent, să obții o jumătate de oră de reclame fără întrerupere. O încîntătoare operă multilingvă: șamponul olandez, biscuiții italieni, lenjeria biologică nemțească, untul franțuzesc etc. Mă delectez. Cînd programele devin stupide, sting televizorul. Cu apetitul stimulat de cele vreo sută de reclame pe care le-am văzut, încep să mă hrănesc. Ești mulțumit? Spune! Ar fi trebuit să vezi ce față aveai cînd m-am prefăcut că mă îndepărtez iar de la subiect. Fii liniștit, n-o să rămîi fără știrea în exclusivitate pe care o dorești. Seara însă, mănînc destul de ușor. Mă mulțumesc cu lucruri reci: tocătură de porc prăjită, untură, slănină crudă, uleiul dintr-o cutie de sardine - nu mă prăpădesc după sardine, dar parfumează uleiul: arunc sardinele, în schimb păstrez sucul și-l beau așa cum e. Doamne sfinte, ce ai?

— Nimic. Continuați.

— Arăți rău, te asigur. În plus, înghit o supă foarte grasă pe care o pregătesc dinainte:

fierb preț de cîteva ceasuri bune șorici, picioare de porc, tîrtițe de pui, oase cu măduvă și un morcov. Adaug un polonic de untură topită, scot morcovul și las să se răcească douăzeci și patru de ore. Îmi place să mănînc supa asta rece, cînd grăsimea s-a răcit și formează un capac care-ți face buzele să lucească. Nu te îngrijora, nu irosesc nimic, nu care cumva să crezi că arunc aceste cărnuri delicate! După ce au fiert atîta, au cîștigat în onctuozitate ce au pierdut în suc: tîrtițele de pui, a căror grăsime galbenă a dobîndit o consistență spongioasă, sînt un adevărat deliciu... Dar ce ai?

— Nu... nu știu. Claustrofobie, probabil. N-am putea deschide o fereastră?

— Să deschid o fereastră, pe 15 ianuarie? Nici să nu te gîndești. Oxigenul te-ar ucide. Nu, știu eu de ce-i nevoie în cazul dumitale.

— Permiteți-mi să ies o clipă.

— Nici nu se pune problema, rămîi la cald. Am să-ți prepar un Alexandra cum știu eu, cu unt topit.

La aceste cuvinte, tenul livid al jurnalistului bătu în verde: o luă la sănătoasa, rupt în două, cu mîna la gură.

Tach băgă viteză maximă pînă la fereastra ce dădea către stradă și avu marea satisfacție de a-l vedea pe nefericit vomitînd în genunchi, terminat.

Obezul murmură în cele patru bărbii, jubilînd:

— Cînd ești slab de înger, nu vii să te măsori cu Prêtextat Tach.

Ascuns îndărătul perdelei din voal, se putea desfăta în voie văzînd fără să fie văzut; văzu astfel doi bărbați ieșind din cafeneaua din față și repezindu-se înspre colegul lor care, după ce-și golise măruntaiele, zăcea pe trotuar alături de magnetofonul pe care nu apucase să-l oprească: înregistrase deci zgomotul vomei.

Întins pe o banchetă în bistrou, jurnalistul încerca să-și revină cît de cît. În răstimpuri, repeta, privind chiorîș:

— Nu mai mănînc... Nu mai mănînc cît trăiesc...

Îi dădură să bea puțină apă călduță, pe care o examină cu suspiciune. Confrații vrură să asculte banda, dar se loviră de împotrivirea lui:

— Nu în prezența mea, vă implor.

Telefonară soției victimei, care veni să-l ia cu mașina; după ce se retrase, putură, în sfîrșit, să dea drumul la magnetofon. Cuvintele scriitorului provocară dezgust, rîsete și entuziasm:

— Tipu' e o mină de aur. Asta numesc eu personalitate.

— E fermecător de abject.

— Iată cel puțin unul care se sustrage ideologiei soft.

— Și ideologiei light!

— Are un stil de a-și pune adversarul la podea!

— E foarte tare. N-aș putea spune însă la fel despre prietenul nostru. Chiar că a căzut în toate capcanele.

— N-aș vrea să bîrfesc pe cineva care nu-i de față, dar ce l-o fi împins să-i pună întrebările alea legate de mîncare? Înțeleg de ce grasu' n-a pus botul. Cînd ai norocul să-i iei interviu unui geniu, nu te-apuci să-i vorbești de haleală.

În sinea lor, jurnaliștii erau încîntați că nu trebuiseră să fie ei primii. Tainic, buna lor credință le spunea că, dacă ar fi fost în locul celor doi nefericiți, ar fi abordat aceleași subiecte, desigur, stupide, însă obligatorii, și erau încîntați că nu trebuiseră să ia asupra lor treaba murdară: le rămînea partea cea mai frumoasă, lucru de care urmau să profite și care nu-i împiedica să se amuze nițel pe seama victimelor.

Astfel, în ziua teribilă cînd o lume întreagă tremura la gîndul că războiul era iminent, un bătrîn adipos, paralitic și neînarmat izbutise să abată atenția cîtorva slujitori ai cultului mediatic de la zona Golfului. Ba mai mult, în acea noapte a tuturor insomniilor, unul dintre ei se culcă pe nemîncate și dormi somnul greu, epuizant, al hepaticilor, fără să se gîndească nici măcar o clipă la cei ce aveau să moară.

Tach exploata la maximum resursele puțin cunoscute ale îngrețoșării. Grăsimea îi servea drept napalm, cocteilul Alexandra – drept armă chimică. În seara aceea, își frecă mîinile ca un strateg fericit.

— Ei, a început războiul?
— Încă nu, domnule Tach.
— Și-are să înceapă odată?
— Cine vă aude ar zice că sperați să înceapă.
— Nu sufăr promisiunile neonorate. O gașcă de caraghioși ne-a promis un război pe 15, la miezul nopții. Sîntem în 16 și nu s-a întîmplat nimic. De cine ne batem noi joc aici? Miliarde de spectatori stau la pîndă.
— Sînteți pentru acest război, domnule Tach?
— Să-mi placă războiul! Ce enormitate! Cum ar putea să-i placă războiul cuiva? Ce întrebare ridicolă și fără rost! Știi dumneata vreun om căruia să-i placă războiul? De ce nu mă întrebi încaltea dacă mănînc napalm la micul dejun?
— În privința alimentației dumneavoastră ne-am făcut deja o părere.
— Aha! Fiindcă, în plus, vă spionați unii pe alții? Lăsați niște nenorociți să facă treburile murdare, apoi vă delectați, nu? Drăguț. Și te crezi, poate, mai inteligent pentru că-mi pui întrebări strălucite de genul: „Sînteți pentru război?“. Iar eu sînt un scriitor genial, o lume întreagă mă admiră, am primit Premiul Nobel pentru Literatură, toate astea numai ca să vină un ageamiu și să mă chinuie cu întrebări

cvasitautologice la care ultimul imbecil ar da același răspuns ca și mine?

— Bun. Așadar nu vă place războiul, în schimb vreți să aibă loc?

— În actuala conjunctură, e o necesitate. Soldățeilor, imbecilii de ei, li s-a sculat. Trebuie să li se dea prilejul să ejaculeze, altminteri le ies coșuri și se întorc plîngînd acasă la mama. Să-i dezamăgești pe tineri e un lucru urît.

— Vă plac tinerii, domnule Tach?

— Dar știu că te pricepi să pui întrebări strălucite și originale! Da, ador tinerii, închipuie-ți.

— E ceva neașteptat. Cunoscîndu-vă, mi-aș fi închipuit că nu-i puteți suferi.

— „Cunoscîndu-vă!" Cine te crezi?

— În sfîrșit, cunoscîndu-vă reputația...

— Și care mi-e reputația?

— Zău... e greu de spus.

— Mda. Din îngăduință față de dumneata, n-am să insist.

— Așadar vă plac tinerii? Din ce motiv?

— Îmi plac tinerii pentru că ei sînt tot ce nu sînt eu. Ca atare, merită duioșie și admirație.

— Iată un răspuns tulburător, domnule Tach.

— Să-ți dau o batistă?

— De ce încercați să luați în derîdere nobilele elanuri ale propriei inimi?

— Nobilele elanuri ale inimii mele? De unde naiba scoți așa niște tîmpenii?

— Regret, domnule, dar dumneavoastră mi le-ați inspirat: lucrurile pe care le spuneați despre tineri erau cu adevărat mișcătoare.

— Mergi mai în adîncime și ai să vezi dacă erau sau nu mișcătoare.

— Să mergem mai în adîncime atunci.

— Ziceam că-mi plac tinerii pentru că sînt tot ce nu sînt eu. Într-adevăr, tinerii sînt frumoși, sprinteni, proști și răi.

— ...?

— Nu-i așa? Un răspuns tulburător, ca să folosesc cuvintele dumitale.

— Sper că glumiți.

— Am eu fața de om care glumește? Și-apoi, unde-i gluma? Ai putea nega măcar unul dintre aceste adjective?

— Chiar admițînd că ar fi întemeiate, vă situați cu adevărat la polul opus?

— Ce? Găsești cumva că aș fi frumos, sprinten, prost și rău?

— Nici frumos, nici sprinten, nici prost...

— M-ai liniștit.

— Dar rău sînteți!

— Rău, eu?

— Absolut.

— Rău? Nu ești zdravăn. În optzeci și trei de ani de viață n-am întîlnit o dată om mai bun ca mine. Sînt monstruos de fin, atît de fin încît dacă m-aș întîlni pe mine însumi aș vomita.

— Nu vorbiți serios.

— Asta-i culmea! Numește-mi un singur individ, nu mai bun decît mine (ar fi și imposibil), ci la fel de fin.

— Păi... oricine.

— Oricine? Altfel spus, dumneata, dacă înțeleg bine. Farsorule.

— Eu sau oricare altul.

— Nu vorbi de oricare altul, că nu-l cunoști. Vorbește-mi de dumneata. Pe ce te bazezi cînd îndrăznești să te pretinzi la fel de fin ca mine?

— Pe cele mai flagrante evidențe.

— Mda, exact ce credeam și eu, n-ai nici un argument.

— Domnule Tach, opriți-vă din delir, zău așa. Am ascultat interviurile celor doi jurnaliști dinaintea mea. De n-aș cunoaște despre dumneavoastră decît aceste exemple și tot aș ști la ce să mă aștept din partea dumneavoastră. Puteți nega că i-ați martirizat pe cei doi nefericiți?

— Cîtă rea-credință! Ei m-au martirizat pe mine.

— În caz că nu știți, și unul, și celălalt suferă ca niște cîini de cînd au avut de-a face cu dumneavoastră.

— *Post hoc, ergo propter hoc*, nu-i așa? Stabilești legături de cauzalitate absolut fantežiste, tinere. Primul a căzut la pat fiindcă a băut prea mult Porto Flip. Sper că n-ai să zici că eu i l-am turnat pe gît. Al doilea m-a hărțuit să-i vorbesc despre alimentația mea, deși nu voiam. Dacă n-a fost în stare să suporte expozeul nu-i din vina mea, nu? Aș adăuga că ambii indivizi s-au arătat aroganți cu mine. O, am îndurat cu blîndețea unui miel pe altarul sacrificatorului. Dar au trebuit să plătească. Vezi dumneata, mereu ne întoarcem la Evanghelie: Hristos a zis limpede că răii și hainii își fac rău în primul rînd lor înșiși. De aici și chinurile pe care le suferă colegii dumitale.

— Domnule Tach, vă rog să-mi răspundeți cu toată sinceritatea la următoarea întrebare: mă luați drept un imbecil?

— Firește.

— Mulțumesc pentru sinceritate.

— Nu-mi mulțumi, nu-s în stare să mint. De altfel, nu pricep de ce-mi mai pui o întrebare la care știi deja răspunsul: ești tînăr și nu ți-am ascuns ce gîndesc despre tineri.

— Că tot veni vorba, nu credeți că vă lipsește puțin simțul nuanțelor? Nu poți pune toți tinerii în aceeași oală.

— De acord cu dumneata. Unii tineri nu-s nici frumoși, nici sprinteni. Dumneata, de pildă, nu știu dacă ești sprinten, dar că nu ești frumos știu.

— Mulțumesc. Iar răutatea și prostia de care nu scapă nici un tînăr?

— N-am cunoscut decît o singură excepție: eu însumi.

— Cum erați la douăzeci de ani?

— Ca și acum. Eram încă în stare să merg. Altminteri, nu prea văd să mă fi schimbat. Eram deja imberb, obez, mistic, genial, prea fin, urît, de o inteligență supremă, solitar, îmi plăcea deja să mănînc și să fumez.

— Într-un cuvînt, nu ați avut tinerețe.

— Ador să te-aud vorbind: să juri, nu alta, că ești un repertoriu de locuri comune. Primesc să spun: „Da, nu am avut tinerețe“, cu condiția expresă să precizezi în articolul dumitale că expresia îți aparține. Altfel, oamenii au să-și imagineze că Prétextat Tach folosește o terminologie de romane de citit în tren.

— Voi face întocmai. Acum, dacă nu vedeți nici un inconvenient, explicați-mi ce vă face să credeți că sînteți bun, sprijinindu-vă și pe exemple, dacă se poate.

— Ador acest „dacă se poate". Nu crezi în bunătatea mea, este?

— A crede nu e verbul potrivit. Să spunem mai curînd că nu mi-o închipui.

— Auzi dumneata! Ei bine, tinere, închipuie-ți atunci ce a însemnat viața mea: o jertfă de optzeci și trei de ani. Ce-i jertfa lui Hristos pe lîngă asta? Patimile mele au durat cu cincizeci de ani mai mult. Și-n scurtă vreme voi trece printr-o apoteoză de mii de ori mai neobișnuită, mai lungă, mai elitistă și, poate, chiar mai dureroasă: o agonie ce-mi va întipări în carne glorioasele stigmate ale sindromului Elzenveiverplatz. Domnul nostru îmi inspiră cele mai bune sentimente, dar, oricît și-ar fi dat silința, n-ar fi putut să moară de un cancer al cartilajelor.

— Ei și?

— Cum adică „ei și"? Ți se pare că-i totuna să crăpi în urma unei crucificări, la fel de banală pe atunci ca și-o ploaie, ori a unui sindrom rarisim?

— Moartea e întotdeauna moarte.

— Dumnezeule! Îți dai seama de inepția pe care magnetofonul tocmai a înregistrat-o? Iar colegii dumitale au s-o audă! Sărmane prietene, nu mi-aș dori să fiu în locul tău. „Moartea e întotdeauna moarte!" Sînt atît de fin încît te autorizez să ștergi chestia asta.

— Nici nu se pune problema, domnule Tach: exact asta e opinia mea.

— Știi că încep să te găsesc fascinant? O asemenea lipsă de discernămînt e lucru rar. Ar trebui să fii mutat la secțiunea „Cîini călcați de mașini", să înveți limbajul canin și să le întrebi pe bietele dobitoace în agonie dacă nu cumva ar fi preferat să moară de o boală excepțională.

— Domnule Tach, vi se mai întîmplă să le adresați semenilor și altceva decît insulte?

— Eu nu insult niciodată, domnule, eu dau diagnostice. De fapt, presupun că n-ai citit niciodată ceva de mine.

— Eroare.

— Cum? Imposibil. N-ai nici aspectul, nici conținutul cititorului tachian. E o minciună.

— Este purul adevăr. Nu v-am citit decît unul dintre romane, dar l-am citit temeinic, după care l-am recitit, și m-a marcat.

— Trebuie că-l confunzi cu altul.

— Cum să confunzi o carte precum *Violuri gratuite între două războaie* cu alta? Credeți-mă, e o lectură care m-a zguduit adînc.

— Zguduit? Zguduit? Ca și cum eu aș scrie ca să zgudui oamenii! Dacă n-ai fi citit cartea în diagonală, domnule, cum probabil ai făcut-o de altfel, dacă ai fi citit-o deci așa cum trebuie citită, cu ce ai mai profund în dumneata, în măsura în care ai așa ceva, ai fi vomitat.

— Există, într-adevăr, în scriitura dumneavoastră o anumită estetică a vomei...

— O estetică a vomei! Ai să mă faci să plîng!

— În sfîrșit, ca să revenim la ce vorbeam mai devreme, susțin că niciodată n-am citit vreo operă mai plină de răutate.

— Întocmai. Voiai probe ale bunătăţii mele: uite una, flagrantă. Céline, care zicea în prefeţe că şi-a scris cele mai înveninate cărţi dintr-o dezinteresată fineţe, dintr-o irepresibilă afecţiune faţă de detractorii lui, înţelesese. Asta-i iubirea adevărată!

— E un pic grosier, nu?

— Céline, un pic grosier? E-n interesul tău să ştergi asta.

— Oricum, se simte că scena aceea de o insuportabilă răutate cu femeia surdo-mută aţi scris-o jubilînd.

— Absolut. Nici nu-ţi închipui cît de plăcut e să le dai apă la moară detractorilor.

— A, păi în cazul ăsta nu mai poate fi vorba de fineţe, domnule Tach, ci de un obscur amestec de masochism şi paranoia.

— Ei, nu mai spune! Lasă-te de folosit cuvinte cărora nu le cunoşti sensul. E numai şi numai bunătate, tinere! După părerea ta, care-s cărţile scrise numai şi numai din bunătate? *Coliba unchiului Tom*? *Mizerabilii*? Fireşte că nu. Astea-s cărţi scrise ca să deschidă uşile saloanelor. Nu, crede-mă, prea puţine-s cărţile scrise numai şi numai din bunătate. Operele astea le creezi în abjecţie şi-n singurătate, ştiind bine că, după ce ai să le arunci lumii în faţă, ai să fii şi mai singur, şi mai abject. E şi normal, principala caracteristică a fineţii dezinteresate este să fii de nerecunoscut, de necunoscut, nevăzut, nebănuit, fiindcă o bunătate care-şi spune astfel nu-i nicicînd dezinteresată. Vezi dar că sînt bun.

— Există un paradox în spusele dumneavoastră. Îmi explicaţi că adevărata fineţe se ascunde, apoi strigați cît vă ține gura că sînteți bun.

— Oh, pot s-o fac cît vreau, pentru că oricum n-are să mă creadă nimeni.

Jurnalistul izbucni în rîs.

— Aveți niște argumente fascinante, domnule Tach. Așadar, pretindeți că v-ați dedicat viața scrisului numai și numai din bunătate?

— Mai sînt o grămadă de lucruri pe care le-am făcut numai și numai din bunătate.

— Cum ar fi?

— Lista e lungă: celibatul, ghiftuirea etc.

— Explicați-mi cum vine asta.

— Bineînțeles că bunătatea n-a fost niciodată singurul meu motiv. Celibatul, de pildă: o lume întreagă știe că sexul nu-mi spune nimic. Totuși, aș fi putut să mă însor, fie și numai pentru plăcerea de a o scoate pe nevastă-mea din minți. Ei bine, nu, căci aici intervine finețea mea: n-am să mă însor tocmai ca să cruț o nefericită.

— Fie. Dar ghiftuirea?

— Ceva mai limpede nici că se poate: sînt un mesia al obezității. Cînd voi muri, voi lua pe umerii mei toate kilogramele în plus ale omenirii.

— Vreți să spuneți că, simbolic...

— Atenție! Niciodată să nu rostești cuvîntul „simbol“ în fața mea, decît dacă e vorba de chimie, și asta în interesul tău.

— Îmi pare rău că sînt prost și obtuz, dar efectiv nu înțeleg.

— Nu-i grav, nu ești singurul.

— N-ați putea să-mi explicați?

— Nu suport să-mi pierd timpul.

— Domnule Tach, admițînd că sînt prost și obtuz, nu vă puteți imagina că în spatele meu ar sta un viitor cititor al acestui articol, care, spre deosebire de mine, ar merita să înțeleagă? Și care ar fi dezamăgit de răspunsul dumneavoastră?

— Admițînd că acest cititor există, dacă e cu adevărat inteligent și deschis, n-are nevoie de explicații.

— Nu sînt de acord. Chiar și o ființă inteligentă are nevoie de explicații atunci cînd se vede confruntată cu o gîndire nouă, necunoscută.

— Ce știi dumneata despre asta? Dumneata n-ai fost niciodată inteligent.

— Neîndoielnic, dar încerc și eu, umil, să-mi imaginez cum e.

— Bietul băiat!

— Haide, dovediți-vă proverbiala bunătate și explicați-mi.

— Chiar vrei să-ți spun? Oamenii cu adevărat inteligenți și deschiși n-ar cerși asemenea explicații. Numai țoapa vrea să explice totul, inclusiv ceea ce nu se explică. Și-atunci, de ce ți-aș da eu niște explicații pe care idioții nu le-ar pricepe și de care ființele mai subtile n-ar avea nevoie?

— Eram deja urît, prost și obtuz, acum trebuie să mai adaug și țoapă, dacă înțeleg bine?

— Dumitale nu ți se poate ascunde nimic.

— Dacă pot să-mi permit, domnule Tach, nu așa veți deveni simpatic.

— Simpatic, eu? Asta mi-ar mai lipsi! Și apoi, cine ești dumneata să vii și să-mi faci morală cu nici două luni înainte de o moarte glorioasă? Cine te crezi? Ți-ai început fraza cu „Dacă pot să-mi permit", uite că nu poți să-ți permiți! Hai, ieși, mă deranjezi.

— ...

— Ești surd?

Plouat, jurnalistul se întoarse printre colegii săi de la cafeneaua din față. Nici nu știa dacă scăpase ieftin sau nu.

Ascultînd banda, confrații nu scoaseră o vorbă, dar cu siguranță că nu lui Tach i se adresa zîmbetul lor condescendent.

–Tipu' ăsta e un caz, istorisea ultima victimă. Mai pricepe ceva dacă poți! Niciodată nu știi cum are să reacționeze. Uneori ai impresia că poate înțelege orice, că nimic nu-l jignește, ba chiar că-i fac plăcere micile nuanțe impertinente ale anumitor întrebări. După care brusc, fără cel mai mic avertisment, explodează pentru niște amănunte ridicole ori ne dă pe ușă afară dacă am avut proasta inspirație să-i facem o observație infimă, de altfel îndreptățită.

— Geniul nu suportă nici o observație, obiectă un coleg cu atîta superioritate încît parcă ar fi fost Tach însuși.

— Și ce? Ar fi trebuit să mă las insultat?

— Ideal ar fi fost să nu-i inspiri acele insulte.

— Foarte inteligent! Lumea nu-i inspiră altceva decît insulte.

— Bietul Tach! Biet titan exilat!

— Bietul Tach? Asta-i culmea. Zi mai bine bieții de noi!

— Tu nu înțelegi că-l deranjăm?

— Ba da, mi-am putut da seama. Dar, oricum, cineva trebuie să facă și meseria asta, nu?

— De ce? zise cel care făcea pe disprețuitorul, crezîndu-se inspirat.

— Atunci pentru ce te-ai mai făcut jurnalist, neghiobule?

— Pentru că nu puteam fi Prétextat Tach.

— Ți-ar fi plăcut să fii un ditamai eunucul grafoman?

Da, i-ar fi plăcut, și nu era singurul care gîndea așa. Neamul omenesc este astfel întocmit încît ființe întregi la minte ar fi gata să-și jertfească tinerețea, trupul, iubirile, prietenii, fericirea și cine știe cîte altele pe altarul unei fantasme numite eternitate.

— Ei, a început războiul?

— Ăă... da, de-acum gata, primele rachete au fost...

— E bine.

— Adevărat?

— Nu-mi place să văd tineretul fără ocupație. Vasăzică, pe 17 ianuarie, flăcăiașii au putut în sfîrșit să înceapă distracția.

— Dacă se poate spune așa.

— Ce, pe dumneata nu te-ar distra?

— Sincer? Nu.

— Crezi poate că-i mai interesant să urmărești bătrîni adipoși cu un magnetofon?

— Să urmăresc? Dar nu vă urmărim, dumneavoastră ne-ați îngăduit să venim.

— Nici vorbă! E iarăși o lovitură a ticălosului de Gravelin!

— Haide, domnule Tach, sînteți perfect liber să-i spuneți nu secretarului dumneavoastră, e un om devotat care vă respectă toate dorințele.

— Bați cîmpii. Mă tortureazā și nu-mi cere niciodată părerea. Infirmiera, de pildă: e mîna lui!

— Zău, domnule Tach, calmați-vă. Să ne reluăm discuția. Cum vă explicați succesul extraordinar...

— Vrei un Alexandra?

— Nu, mulțumesc. Cum spuneam, succesul extraordinar al...

— Așteaptă, eu vreau.

Paranteză alchimică.

— Războiul ăsta nou-nouț mi-a făcut o poftă turbată de Alexandra. E un amestec atît de solemn.

— Bine. Domnule Tach, cum vă explicați succesul extraordinar al operei dumneavoastră în întreaga lume?

— Nu mi-l explic.

— Haide, sigur v-ați gîndit la această întrebare și v-ați imaginat diferite răspunsuri.

— Nu.

— Nu? Ați vîndut milioane de exemplare, pînă și în China, și asta nu v-a dat de gîndit?

— Fabricanții de armament vînd zi de zi mii de rachete în întreaga lume și asta nu le-a dat nici lor de gîndit.

— N-are nici o legătură.

— Crezi? Totuși, paralelismul este uimitor. Acumularea, de pildă: se vorbește despre cursa înarmărilor, ar trebui să se vorbească și de o „cursă a literaturilor". E un argument puternic, ca și următorul: fiecare popor își exhibă scriitorul sau scriitorii ca pe tot atîtea arme. Mai devreme sau mai tîrziu, mă vor exhiba și pe mine și-mi vor lustrui Premiul Nobel.

— Dacă îl înțelegeți astfel, sînt de acord. Slavă Domnului, literatura este mai puțin periculoasă.

— Nu și a mea. A mea e mai periculoasă decît războiul.

— Nu cumva tocmai vă flatați singur?

— Trebuie să o fac, de vreme ce sînt singurul cititor în stare să mă înțeleagă. Da, cărțile mele-s mai periculoase decît un război, fiindcă de la ele îți vine să crăpi, în timp ce războiul îți dă ghes să trăiești. După ce mă citesc, oamenii ar trebui să se sinucidă.

— Și cum vă explicați că n-o fac?

— Asta, în schimb, îmi explic foarte ușor: nimeni nu mă citește. În fond, poate că tot aici se găsește și explicația extraordinarului meu succes: sînt celebru, dragă domnule, tocmai pentru că nimeni nu mă citește.

— Paradoxal!

— Dimpotrivă: dacă ar fi încercat să mă citească, oamenii, bieții de ei, m-ar fi urît și, spre a se răzbuna pentru truda irosită, m-ar fi dat uitării. Pe cînd dacă nu mă citesc, mă găsesc odihnitor, deci simpatic și demn de succes.

— Iată un raționament extraordinar.

— Dar irefutabil. Poftim, să-l luăm pe Homer: uite un tip care n-a fost niciodată atît de celebru ca acum. Or, cunoști dumneata mulți cititori adevărați ai adevăratei *Iliade* și ai adevăratei *Odisei*? O mînă de filologi pleșuvi, atîta tot, fiindcă sper că n-ai să-i calific drept cititori ai lui Homer pe cei cîțiva liceeni adormiți ce mai gîngăvesc Homer pe băncile școlii, în timp ce mintea le stă doar la Depeche Mode ori la sida. Și tocmai din acest excelent motiv, Homer este *referința*.

— Presupunînd că așa ar sta lucrurile, considerați acest motiv excelent? N-ar fi mai curînd întristător?

— Excelent, susțin în continuare. Păi nu-i reconfortant pentru un scriitor adevărat, pur, mare, genial ca mine să știe că nimeni nu-l citește? Că nimeni nu murdărește cu privirea-i impudică frumusețile cărora le-am dat naștere în taina străfundurilor și a singurătății mele?

— Pentru a evita această privire impudică, n-ar fi fost mai simplu să nu publicați deloc?

— Prea facil. Nu, vezi dumneata, culmea rafinamentului e să vinzi milioane de exemplare și să nu fii citit.

— Unde mai pui că ați cîștigat și bani cu asta.

— Bineînțeles. Îmi plac mult banii.

— Vă plac banii? Dumneavoastră?

— Da. Sînt încîntători. N-am înțeles niciodată care le e rostul, însă îmi place mult să mă uit la ei. O monedă de 5 franci e la fel de frumoasă ca o părăluță.

— Nu mi-ar fi trecut niciodată prin minte o asemenea comparație.

— Normal, dumneata n-ai luat Premiul Nobel pentru Literatură.

— La urma urmei, nu cumva acest Premiu Nobel vă infirmă teoria? N-ar presupune el ca măcar juriul să vă fi citit?

— Nimic mai puțin sigur. Dar, în caz că membrii juriului m-ar fi citit, crede-mă, teoria mea nu se schimbă cîtuși de puțin. Există nenumărați oameni care duc sofisticarea pînă acolo încît citesc fără să citească. Străbat cărțile ca niște oameni-broască fără să înghită strop de apă.

— Da, ați mai vorbit despre asta în cursul unei precedente întrevederi.

— Ăștia-s cititorii-broască. Formează imensa majoritate a cititorilor, și totuși, nu le-am descoperit existența decît foarte tîrziu. Sînt atît de naiv! Credeam că toată lumea citește ca mine; eu, unul, citesc cum mănînc: ceea ce înseamnă nu numai că e un lucru de care am nevoie, ci mai ales că intră în compoziția mea și o modifică. Cînd a mîncat caltaboș, omul nu-i același ca atunci cînd a mîncat caviar; și nici cînd a citit din Kant (Doamne păzește și apără-mă!) nu-i același ca atunci cînd a citit din Queneau. În sfîrșit, cînd zic „omul“, ar trebui să zic „eu și alți cîțiva“, fiindcă cei mai mulți oameni ies din Proust sau din Simenon la fel cum au intrat, fără să fi pierdut vreo fărîmă din ce erau și fără să fi cîștigat vreo fărîmă în plus. Au citit, atîta tot: în cel mai bun caz, știu „despre ce-i vorba“. Nu care cumva să crezi că inventez. De cîte ori n-am întrebat indivizi inteligenți: „Te-a schimbat cartea asta?“. Mă priveau cu ochi mari de parcă mi-ar fi spus: „De ce vrei dumneata să mă fi schimbat?“.

— Dați-mi voie să fiu uimit, domnule Tach: tocmai ați vorbit ca un apărător al cărților cu mesaj, ceea ce nu pare să fie stilul dumneavoastră.

— Nu prea te duce mintea, este? Vasăzică îți închipui că fix cărțile cu mesaj pot schimba individul? Cînd de fapt îl schimbă cel mai puțin. Nu, cărțile care marchează și metamorfozează sînt celelalte, cărțile încărcate de dorință, de plăcere, de geniu și, mai ales, de frumusețe. Poftim, să luăm o carte de mare frumusețe: *Călătorie la capătul nopții*. Cum să nu fii alt om după ce ai citit-o? Ei bine, majoritatea cititorilor reușesc acest tur de forță fără greutate. Îți zic după aceea: „A, da, Céline e formidabil", apoi se întorc la oile lor. Evident, Céline e un caz extrem, însă aș putea da și alte exemple. Nu ești niciodată același după ce ai citit o carte, fie ea și modestă precum cele ale lui Léo Malet: și un Léo Malet te schimbă. După ce ai citit un Léo Malet, nu mai privești o fată în impermeabil cu aceiași ochi ca înainte. A, păi e foarte important! Schimbarea privirii, asta-i marea noastră operă!

— Nu credeți că, mai mult sau mai puțin conștient, privirea oricărei persoane se schimbă după terminarea unei cărți?

— O, nu! Doar crema cititorilor e în stare de așa ceva. Ceilalți continuă să vadă lucrurile cu aceeași platitudine ca la început. Și nu uita că vorbim despre cititori, care oricum sînt o rasă foarte rară. Cei mai mulți oameni nu citesc. Referitor la chestiunea asta, există un citat excelent al unui intelectual căruia i-am uitat numele: „În fond, oamenii nu citesc; dacă citesc, nu pricep; dacă pricep, uită". Iată o rezumare admirabilă a situației, nu crezi?

— În acest caz, nu e tragic să fii scriitor?

— Dacă există un anumit tragic, cu siguranță că nu de aici vine. Să nu fii citit e o binefacere. Îți poți permite orice.

— Dar, în sfîrșit, la început tot a trebuit să vă citească cineva, altfel n-ați fi ajuns celebru.

— La început, poate, puțintel.

— Revin deci la întrebarea inițială: de ce acest succes extraordinar? Prin ce răspundea acest debut unei așteptări a cititorilor?

— Nu știu. Erau anii '30. Nu exista televiziune, iar oamenii trebuiau să-și umple și ei timpul cu ceva.

— Da, dar de ce mai curînd cu dumneavoastră decît cu alt scriitor?

— De fapt, marele meu succes a început după război. E și comic de altminteri, pentru că n-am participat în nici un fel la gluma aceea: deja eram aproape neputincios – și-apoi, cu zece ani mai înainte, mă reformaseră din cauza obezității. În '45 a început marea ispășire: mai mult sau mai puțin confuz, oamenii au simțit că aveau destule să-și reproșeze. Au dat atunci peste romanele mele, care urlau ca niște imprecații și plesneau de atîtea mizerii, și au decis că vor fi pentru ei o pedeapsă la fel de nemăsurată ca și josnicia lor.

— Și au fost?

— Ar fi putut să fie. La fel de bine ar fi putut să fie și altceva. Dar, ce vrei, *vox populi, vox dei.* După care au încetat foarte curînd să mă mai citească. Ca și pe Céline, de altminteri: Céline e unul dintre scriitorii cel mai puțin citiți. Diferența este că pe mine nu mă citeau din motive întemeiate, în timp ce pe el nu-l citeau din motive neîntemeiate.

— Vorbiți mult despre Céline.

— Iubesc literatura, domnule. Te miră?

— Presupun că pe el nu-l curățați.

— Dimpotrivă. El nu contenește să mă curețe.

— L-ați întîlnit?

— Nu, am făcut ceva mult mai bun: l-am citit.

— Dar el, el v-a citit?

— Neîndoielnic. Am simțit-o adesea cînd îl citeam.

— Credeți că l-ați influențat pe Céline?

— Mai puțin decît el pe mine, dar orișicît...

— Și pe cine altcineva credeți că ați mai influențat?

— Pe nimeni, asta-i bună, de vreme ce nimeni altcineva nu m-a citit. Oricum, mulțumită lui Céline, am fost și eu citit – în adevăratul sens al cuvîntului – măcar o dată.

— Vedeți deci că vă doreați să fiți citit.

— De el, numai de el. De ceilalți mă doare-n cot.

— Ați întîlnit și alți scriitori?

— Nu, n-am întîlnit pe nimeni și nimeni n-a venit să mă întîlnească. Cunosc puțini oameni: Gravelin, firește, măcelarul, brînzarul, băcanul și tutungiul. Ăștia-s toți, cred. A, da, mai e și putoarea aia de infirmieră, apoi jurnaliștii. Nu-mi place să văd oameni. Trăiesc singur nu atît pentru că iubesc singurătatea, cît pentru că urăsc neamul omenesc. Poți să scrii în gazeta dumitale că sînt o jigodie de mizantrop.

— De ce sînteți mizantrop?

— Presupun că n-ai citit *Jigodiile*?

— Nu.

— Evident. Dacă ai fi citit, ai fi știut de ce. Există un milion de motive ca să-i detești pe oameni. Pentru mine, motivul de căpetenie e reaua lor credință absolut incurabilă. O rea-credință care n-a fost de altminteri nicicodată atît de prețuită ca-n zilele noastre. Am cunoscut destule epoci, îți dai seama: totuși, pot să-ți zic că pe nici una n-am detestat-o ca pe asta de acum. Era relei-credințe, de la un capăt la altul. Reaua-credință e ceva mult mai rău decît mișelia, duplicitatea ori perfidia. Să fii de rea-credință înseamnă să te minți în primul rînd pe tine însuți – nu pentru eventuale probleme de conștiință, ci pentru o autosatisfacție siropoasă – cu vorbe plăcute precum „pudoare" sau „demnitate". Apoi, mai înseamnă să-i minți pe ceilalți, dar nu cu minciuni cinstite și răutăcioase, nu ca să bagi zîzanie, nu: minciuni de fățarnic, minciuni light, pe care lumea ți le toarnă surîzînd de parcă ar trebui să-ți facă plăcere.

— De exemplu?

— Ei bine, actuala condiție a femeii.

— Cum? Doar nu sînteți feminist!?

— Feminist, eu? Urăsc femeile mai rău decît pe bărbați.

— De ce?

— Din nenumărate motive. În primul rînd, pentru că-s urîte: ai văzut dumneata ceva mai urît decît o femeie? Îți închipui cum ar fi să ai sîni, coapse, ca să nu mai vorbesc de tot restul? Apoi, urăsc femeile așa cum urăsc toate victimele. O rasă cum nu se poate mai spurcată, victimele astea. Dacă am extermina-o complet, poate că am avea în sfîrșit liniște, iar victimele ar avea și ele în sfîrșit ce-și doresc, și anume martiriul. Femeile sînt niște victime deosebit de pernicioase întrucît își cad victime mai cu seamă lor înseși, adică celorlalte femei. Dacă vrei să cunoști drojdia sentimentelor omenești, cercetează sentimentele pe care le nutresc femeile unele față de altele: ai să te înfiori de scîrbă văzînd atîta ipocrizie, gelozie, răutate și josnicie. Nicicînd n-ai să vezi două femei bătîndu-se sănătos, cu pumnii, sau măcar trimițîndu-și o ploaie zdravănă de înjurături: la ele au cîștig de cauză loviturile viclene, frazele mîrșave care dor mult mai rău decît o directă la maxilar. O să-mi spui că nu-i ceva nou, că așa-i universul feminin încă de la Adam și Eva. Eu, unul, zic că soarta femeii n-a fost niciodată mai rea ca acum – din vina lor, aici sîntem de acord, dar ce importanță are? Condiția femeii a devenit teatrul celor mai scîrbavnice rele-credințe.

— Tot n-ați explicat nimic.

— Să luăm situația cum era înainte: femeia îi este inferioară bărbatului, se-nțelege de la sine, ajunge să vezi cît e de urîtă. Pe vremuri, nici urmă de rea-credință: nu-i ascundeam inferioritatea și o tratam ca atare. Astăzi, te-apucă greața: femeia îi este tot inferioară bărbatului – e tot așa de urîtă–, dar o îmbrobodim cum că ar fi egală cu el. Proastă cum e, crede, bineînțeles. O tratăm însă tot ca și cum ar fi inferioară: salariile nu-s decît un indiciu minor. Celelalte indicii sînt cu mult mai grave: femeile-s ultimele în toate domeniile, începînd cu cel al seducției – ceea ce nu-i deloc de natură să ne mire, avînd în vedere urîțenia, nerozia și mai ales țîfna lor dezgustătoare ce iese la iveală cu primul prilej. Admiră deci reaua-credință a sistemului: să faci să creadă o sclavă urîtă, netoată, rea și lipsită de farmec că pleacă din start cu aceleași șanse ca și seniorul ei, cînd de fapt n-are nici pe un sfert cît el. Mie, unuia, chestia mi se pare infectă. Dacă aș fi femeie, aș fi scîrbită.

— Admiteți, sper, că ceilalți pot să nu fie de acord cu dumneavoastră.

— „A admite“ nu e verbul potrivit. Nu admit așa ceva, ci mă scandalizez. În numele cărei rele-credințe ai să reușești, mă rog, să mă contrazici?

— În numele gusturilor mele, mai întîi. Mie, femeile nu mi se par urîte.

— Bietul meu prieten, ai niște gusturi să tragi apa după ele.

— Un sîn e ceva frumos.

— Nu știi ce spui. Aceste protuberanțe femele sînt la limita inacceptabilului chiar și pe hîrtia lucioasă a revistelor. Ce să mai spunem de cele ale adevăratelor femele, de cele pe care femelele nici măcar nu îndrăznesc să le arate și care formează imensa majoritate a mamelelor? Ptiu!

— Astea sînt gusturile dumneavoastră. Ceilalți pot să nu le împărtășească.

— A, da, celorlalți poate să le pară frumos și caltabosul de vînzare la măcelărie: nimic nu-i interzis.

— N-are nici o legătură.

— Femeile-s carne scîrbavnică. Uneori se zice despre cîte o femeie neobișnuit de urîtă că e un caltaboș: adevărul este că toate femeile sînt niște caltaboși.

— Dați-mi voie atunci să vă întreb ce sînteți dumneavoastră.

— Un morman de untură. Nu se vede?

— În schimb, vi se pare că bărbații sînt frumoși?

— N-am spus asta. Bărbații au un fizic mai puțin îngrozitor decît femeile. Nu înseamnă însă că ar fi și frumoși.

— Și atunci nimeni nu e frumos?

— Ba da. Unii copii sînt foarte frumoși. Din păcate, frumusețea lor nu ține mult.

— Așadar, vedeți copilăria ca pe o vîrstă binecuvîntată?

— Dumneata auzi ce spui? „Copilăria e o vîrstă binecuvîntată".

— Un loc comun, dar e adevărat, nu?

— Bineînțeles că-i adevărat, animalule! Dar mai e nevoie s-o spui? Toată lumea știe asta.

— De fapt, sînteți un om disperat, domnule Tach.

— Abia acum îți dai seama? Mai ia o pauză, tinere, atîta geniu o să te epuizeze.

— Ce anume stă la originea disperării dumneavoastră?

— Totul. Nu atît lumea, cît viața e bolnavă. Reaua-credință contemporană constă în a proclama contrariul. Păi nu-i auzi pe toți mugind la unison: „Viața-i frumuuuasă! Ni-i dragă viața!"? Îmi vine să mă urc pe pereți cînd aud așa niște prostii.

— Poate că sînt niște prostii sincere.

— Și eu cred la fel, dar e cu atît mai grav: se dovedește că reaua-credință este eficace, că oamenii înghit asemenea gogoși. Ca urmare, au vieți de rahat, slujbe de rahat, trăiesc în locuri oribile alături de persoane îngrozitoare și împing abjecția pînă acolo încît numesc asta fericire.

— Cu atît mai bine pentru ei dacă sînt fericiți așa!

— Cu atît mai bine pentru ei, vorba dumitale.

— Dar dumneavoastră, domnule Tach, care e fericirea dumneavoastră?

— Nici una. Sînt împăcat, e deja ceva – în fine, eram împăcat.

— N-ați fost niciodată fericit?

Tăcere.

— Să înțeleg că ați fost fericit?... Să înțeleg că n-ați fost niciodată fericit?

— Taci, mă gîndesc. Nu, n-am fost niciodată fericit.

— E cumplit.

— Să-ți dau o batistă?

— Nici măcar în copilărie?

— N-am fost niciodată copil.

— Ce vreți să spuneți?

— Exact ce-am spus.

— Totuși, ați fost mic!

— Mic da, copil nu. Eram deja Prétextat Tach.

— E adevărat că despre copilăria dumneavoastră nu se știe nimic. Biografiile dumneavoastră încep totdeauna din momentul cînd erați deja adult.

— Normal, de vreme ce n-am avut copilărie.

— Totuși, ați avut părinți.

— Tinere, intuițiile dumitale de geniu se țin lanț.

— Ce făceau părinții dumneavoastră?

— Nimic.

— Cum așa?

— Rentieri. Străveche moștenire. Veche avere de familie.

— Există și alți descendenți în afară de dumneavoastră?

— Nu cumva te-au trimis de la fisc?

— Nu, voiam să știu doar dacă...

— Vezi-ți de treburile dumitale.

— A fi jurnalist, domnule Tach, înseamnă tocmai să te amesteci în treburile altora.

— Caută-ți altă meserie.

— Nici nu se pune problema. Îmi iubesc meseria.

— Bietul meu băiat...

— Am să-mi formulez altfel întrebarea: povestiți-mi perioada din viață cînd ați fost cel mai fericit.

Tăcere.

— Trebuie să-mi formulez oare altfel întrebarea?

— Mă iei drept cretin sau cum? De-a ce te joci? Frumoasă marchiză, am să mă sting de dragoste din pricina ochilor tăi minunați etc.?

— Liniștiți-vă, încerc doar să-mi fac meseria.

— Ei bine, și eu încerc să mi-o fac pe a mea.

— Atunci, pentru dumneavoastră un scriitor este o persoană a cărei meserie constă în a nu răspunde la întrebări?

— Întocmai.

— Dar Sartre?

— Ce-i cu Sartre?

— Iată pe cineva care răspundea la întrebări, nu?

— Și?

— Asta contrazice definiția dumneavoastră.

— Cîtuși de puțin: dimpotrivă, o confirmă.

— Vreți să spuneți că Sartre nu este un scriitor?

— Nu știai?

— Oricum, scria neobișnuit de bine.

— Și unii jurnaliști scriu neobișnuit de bine. Dar n-ajunge să ai pană bună ca să fii scriitor.

— A, nu? Și ce mai trebuie atunci?

— O grămadă de lucruri. În primul rînd, trebuie să ai boașe. Iar boașele de care vorbesc se situează dincolo de sex; ca dovadă, există femei care au și ele. Oh, foarte puține, dar există: mă gîndesc la Patricia Highsmith.

— Este uimitor că unui scriitor atît de mare ca dumneavoastră îi plac operele Patriciei Highsmith.

— De ce? Nu văd nimic uimitor. În treacăt fie spus, iată pe cineva care trebuie să urască oamenii, și îndeosebi femeile, la fel de mult ca și mine. Simți că nu scrie numai ca să fie primită în salone.

— Dar Sartre scria ca să fie primit în saloane?

— Și încă cum! Nu l-am întîlnit niciodată pe domnul ăsta, dar numai citindu-l și mi-am dat seama cît de mult îi plăceau saloanele.

— Greu de înghițit, pentru un om de stînga.

— Și? Crezi că oamenilor de stînga nu le plac saloanele? Eu cred, dimpotrivă, că le plac mai mult ca orice. De altfel, e și normal: dacă aș fi fost muncitor toată viața, aș visa să frecventez saloanele, părerea mea.

— Simplificați nemaipomenit de mult situația: nu toți oamenii de stînga sînt muncitori. Unii provin din familii excelente.

— Zău? Atunci chiar că n-au nici o scuză.

— Sînteți cumva un anticomunist rudimentar, domnule Tach?

— Sînteți cumva un ejaculator precoce, domnule jurnalist?

— Dar n-are nici o legătură!

— Sînt întru totul de aceeași părere. Să ne întoarcem deci la boașele noastre. Boașele-s organul cel mai important al scriitorului. Fără ele, scriitorul își pune pana în slujba relei-credințe. Ca să-ți ofer un exemplu, să luăm un scriitor cu o pană foarte bună, să-i dăm și cu ce să scrie. Cu boașe zdravene, are să iasă *Moarte pe credit*. Fără boașe, are să iasă *Greața*.

— Nu vi se pare că simplificați puțin?

— Dumneata, un jurnalist, îmi spui asta? Și eu care, cu nobila-mi îngăduință, încercam să mă cobor la nivelul dumitale!

— Nu vi se cere atît de mult. Ce vreau eu este o definiție metodică și precisă a ceea ce numiți „boașe".

— De ce? Nu-mi spune că încerci să scrii o broșură de popularizare despre mine!

— Nicidecum! Voiam doar să am o comunicare cît de cît clară cu dumneavoastră.

— Mda, exact de ce mă temeam.

— Haideți, domnule Tach, simplificați-mi și mie sarcina măcar o dată!

— Află că am oroare de simplificări, tinere; ca atare, *a fortiori*, dacă-mi ceri să mă simplific pe mine însumi, nu te aștepta să mă entuziasmez.

— Ei, dar nu vă cer să vă simplificați pe dumneavoastră înșivă! Vă cer doar o mică definiție a ceea ce numiți „boașe".

— Bine, bine, nu plînge. Ce-ți fi avînd voi ăștia, jurnaliștii? Toți sînteți niște hipersensibili.

— Vă ascult.

— Ei bine, boașele sînt capacitatea de rezistență a unui individ la reaua-credință a mediului. Științific, nu?

— Continuați.

— E ca și cum ți-aș zice că nimeni n-are așa boașe. Cît despre cei care au și pană bună, și asemenea boașe, proporția lor e infinitezimală. Tocmai de aceea sînt atît de puțini scriitori pe lume. Unde mai pui că e nevoie și de alte calități.

— Care anume?

— Trebuie să ai sculă.

— După boașe, scula: logic. Definiția sculei?

— Scula înseamnă capacitate creatoare. Puțini sînt oamenii în stare să creeze cu adevărat. Cei mai mulți se mulțumesc să-și copieze predecesorii cu mai mult sau mai puțin talent - predecesori care, cel mai adesea, au copiat și ei de la alții. Se poate întîmpla ca o pană bună să fie însoțită și de o sculă, dar nu și de boașe: de pildă, la Victor Hugo.

— Dar dumneavoastră?

— Oi fi avînd eu mutră de eunuc, dar am ditamai scula.

— Și Céline?

— A, Céline le are pe toate: pană genială, boașe mari, ditamai scula și tot restul.

— Restul? De ce mai este încă nevoie? De un anus?

— În nici un caz! Cititorului îi trebuie un anus, ca scriitorul să-l încalece. Nu, mai e nevoie de buze.

— Nu îndrăznesc să vă întreb despre care buze e vorba.

— Dar ești infect, pe cuvîntul meu! Vorbesc despre buzele care închid gura, ai priceput? Cîtă abjecție!

— Bun. Definiția buzelor?

— Buzele au două roluri. Mai întîi că preschimbă cuvîntul într-un act senzual. Ți-ai imaginat vreodată ce ar fi cuvîntul fără buze? Ar fi ceva de o răceală tîmpă, de-o uscăciune fără nici o nuanță, ca vorba unui portărel. Al doilea rol este chiar mai important: buzele închid gura cînd ceva nu trebuie rostit. Și mîna are buzele ei, care o împiedică să scrie ce nu trebuie scris. E absolut, dar absolut indispensabil. Scriitori dăruiți din plin cu talent, boașe și sculă și-au ratat opera pentru că au spus lucruri pe care nu trebuiau să le spună.

— Venind din partea dumneavoastră, asemenea cuvinte mă umplu de uimire: nu sînteți genul care să se autocenzureze.

— Cine vorbește de autocenzură? Lucrurile ce nu trebuie spuse nu sînt neapărat murdare, dimpotrivă. Totdeauna trebuie să dai glas murdăriilor pe care le ții în tine: e sănătos, vesel, tonic. Nu, lucrurile ce nu trebuie spuse sînt de alt ordin – nu te aștepta să-ți explic, tocmai fiindcă-s lucruri ce nu trebuie spuse.

— N-am făcut nici o brînză.

— Oare nu te-am prevenit mai înainte că meseria mea constă în a nu răspunde la întrebări? Caută-ți altă meserie, bătrîne.

— A nu răspunde la întrebări ține tot de rolul buzelor, nu-i așa?

— Nu numai al buzelor, ci și al boașelor. Trebuie să ai boașe ca să nu răspunzi la anumite întrebări.

— Pană, boașe, sculă, buze, asta-i tot?

— Nu, îți mai trebuie ureche și mînă.

— Urechea e ca să înțelegi?

— Se-nțelege. Ești genial, tinere. De fapt, urechea e cutia de rezonanță a buzelor. E portavocea interioară. Flaubert, cu portavocea lui interioară, era foarte elegant, dar oare chiar își imagina că o să se găsească cineva să-l creadă? Știa că n-are rost să urli cuvintele: cuvintele urlă singure. E suficient să le asculți în tine însuți.

— Și mîna?

— Mîna-i ca să te umpli de plăcere. E îngrozitor de important. Dacă un scriitor nu încearcă nici o plăcere, trebuie să se oprească imediat. Să scrii fără plăcere e imoral. Scrisul poartă deja în sine toți germenii imoralității. Singura scuză a scriitorului este plăcerea. Un scriitor care n-ar simți plăcere ar fi la fel de dezgustător ca un ticălos care ar viola o fetiță fără nici o satisfacție, care ar viola ca să violeze, ca să facă un rău gratuit.

— Nu se compară. Scrisul nu e chiar atît de dăunător.

— Nu știi ce spui. Evident, de vreme ce nu m-ai citit, n-ai cum să știi. Scrisul dă totul peste cap: gîndește-te la copacii care trebuie doborîți pentru hîrtie, la spațiile care trebuie găsite pentru stocarea cărților, la cîți biștari costă tipărirea lor, la cîți biștari îi vor costa pe eventualii cititori, la plictiseala pe care o vor simți acești nefericiți citindu-le, la vinovăția încercată de nenorociții care le vor cumpăra și nu vor avea curajul să le citească, la tristețea imbecililor cumsecade care le vor citi fără să le înțeleagă, în sfîrșit și mai ales, la înfumurarea prostească a conversațiilor ce vor urma după citirea sau necitirea lor. De restul, te scutesc! Așa că nu-mi spune mie că scrisul nu e dăunător.

— Totuși, nu puteți exclude total posibilitatea de a găsi unul sau doi cititori care să vă înțeleagă cu adevărat, măcar din cînd în cînd. Aceste scurte momente de complicitate profundă cu cîțiva indivizi n-ar fi oare de ajuns pentru a face din scris un act benefic?

— Vorbești în dodii! Nu știu dacă asemenea indivizi există, dar, dacă există, tocmai lor le-ar dăuna cel mai mult scrierile mele. Ce crezi dumneata că spun eu în cărți? Îți închipui poate că trăncănesc despre bunătatea oamenilor și despre fericirea de a trăi? De unde naiba ai mai scos că dacă cineva mă înțelege are să fie fericit? Dimpotrivă!

— Complicitatea, chiar în nefericire, nu este oare agreabilă?

— Dumitale ți s-ar părea agreabil să știi că ești la fel de disperat ca și vecinul tău? Mie, unuia, mi se pare că e și mai trist.

— Și atunci, la ce bun să mai scrii? La ce bun să încerci să comunici?

— Bagă de seamă, nu le amesteca: a scrie nu înseamnă a încerca să comunici. Mă întrebi la ce bun să scrii, iar eu îți răspund foarte strict și exclusiv: ca să simți plăcere. Altfel spus, dacă nu există plăcere, e absolut necesar să te oprești. Se întîmplă că scrisul mă face – în sfîrșit, mă făcea – să simt o plăcere turbată. Nu mă întreba de ce, habar n-am. De altminteri, toate teoriile care-au vrut să explice plăcerea erau una mai șubredă decît alta. Într-o zi, un bărbat foarte serios mi-a spus că simțim plăcere atunci cînd facem dragoste deoarece creăm viață. Îți dai seama? Ca și cum ar fi vreo plăcere să creezi o chestie atît de tristă și de hîdă cum e viața! Și apoi, asta ar presupune că, luînd pilula anticoncepțională, femeia nu mai simte nici o plăcere fiindcă nu mai creează viață. Dar tipul chiar credea în teoria lui! În concluzie, nu-mi cere să-ți explic plăcerea de a scrie: e un fapt, atîta tot.

— Și ce treabă are mîna cu toate acestea?

— Mîna este sediul plăcerii de a scrie. Și nu-i singurul: scrisul te face să trăiești plăcerea cu pîntecele, cu sexul, cu fruntea și cu maxilarele. Dar plăcerea cea mai caracteristică se situează în mîna care scrie. E o chestie greu de explicat: cînd creează ceea ce are nevoie să creeze, mîna freamătă de plăcere, devine un organ genial. De cîte ori n-am încercat pe cînd scriam strania impresie că mîna era cea care comanda, că aluneca singură, fără să ceară și părerea creierului. O, știu prea bine că nici un anatomist n-ar putea admite așa ceva, totuși asta simți și încă foarte adesea. Mîna încearcă atunci o astfel de voluptate, înrudită, probabil, cu a calului apucat de năbădăi sau a întemnițatului ce evadează. Pe de altă parte, se impune încă o constatare: nu-i oare tulburător că, și cînd scriem, și cînd ne masturbăm, întrebuințăm același instrument, mîna?

— Cînd coasem un nasture sau cînd ne scărpinăm nasul, tot mîna o întrebuințăm.

— Cît de trivial poți fi! Și apoi, ce dovedește asta? Întrebuințările vulgare nu le contrazic pe cele nobile.

— Masturbarea înseamnă cumva o întrebuințare nobilă a mîinii?

— Ba bine că nu! Păi nu-i formidabil că o simplă și modestă mînă poate reconstitui singură un lucru atît de complex, atît de costisitor, de anevoie de pus în scenă și de încărcat cu stări sufletești precum sexul? Și nu-i oare admirabil că mîna asta cumsecade procură fără multă bătaie de cap tot atîta (de nu cumva mai multă) plăcere decît o femeie agasantă și scump de întreținut?

— Evident, dacă priviți lucrurile așa...

— Păi așa și sînt, tinere! Nu ești de acord?

— Să ne înțelegem, domnule Tach, dumneavoastră sînteți cel intervievat, nu eu.

— Altfel spus, ți-ai rezervat rolul cel mai ușor, hai?

— Dacă asta vă face plăcere, rolul meu nu mi s-a părut chiar atît de ușor pînă acum. M-ați silit să înghit destule.

— Într-adevăr, îmi face plăcere.

— Bine. Să ne întoarcem la organele noastre. Recapitulez: pană, boașe, sculă, buze, ureche și mînă. Asta-i tot?

— Nu-ți ajunge?

— Nu știu. Altceva mi-aș fi închipuit eu.

— A, da? Ce-ți mai trebuie? O vulvă? O prostată?

— Acum dumneavoastră sînteți trivial. Nu. Sigur o să mă luați peste picior, dar eu credeam că trebuie și o inimă.

— O inimă? Dumnezeule mare, pentru ce?

— Pentru sentimente, pentru iubire.

— Lucrurile astea n-au nimic de-a face cu inima. Au legătură doar cu boașele, scula, buzele și mîna. E arhisuficient.

— Sînteți prea cinic. Nu voi fi niciodată de acord cu așa ceva.

— Tocmai de aceea părerea dumitale nu interesează pe nimeni, cum singur spuneai mai adineauri. Nu văd însă unde-i cinismul spuselor mele. Sentimentele și iubirea sînt o chestie de organe, în privința asta sîntem de acord: dezacordul dintre noi privește doar natura organului. Dumneata vezi aici un fenomen cardiac. Eu nu mă revolt și nu-ți arunc adjective în față. Mă mulțumesc să gîndesc că ai niște teorii anatomice bizare și, în consecință, interesante.

— Domnule Tach, de ce vă prefaceți că n-ați înțelege?

— Ce-mi aud urechile? Nu mă prefac deloc, neobrăzatule!

— Totuși, cînd vorbeam despre inimă, știați foarte bine că nu mă refeream la organ!

— A, nu? Atunci la ce te refereai?

— La sensibilitate, afectivitate, emotivitate, se înțelege!

— Toate astea într-o inimă idioată plină de colesterol!

— Încetați, domnule Tach, nu sînteți comic.

— Nu, așa e, dumneata ești comic. De ce te-apuci să-mi vorbești despre lucruri care n-au nici o legătură cu discuția noastră?

— Ați îndrăzni să afirmați că literatura nu are nici o legătură cu sentimentele?

— Vezi dumneata, tinere, cred că noi doi concepem diferit cuvîntul „sentiment". Pentru mine, să vrei să pocești mutra cuiva e un sentiment. Pentru dumneata, să verși lacrimi la „Curierul sentimental" al unei reviste pentru femei e tot un sentiment.

— Dar pentru dumneavoastră ce este?

— Pentru mine e o stare sufletească, adică o poveste drăguță și împănată de rea-credință pe care ți-o spui ca să-ți dai impresia că accezi la demnitatea de ființă umană, ca să te convingi că pînă și cînd stai pe budă ești plin de spiritualitate. În special femeile inventează stări sufletești, fiindcă genul de muncă pe care o fac le lasă mintea neocupată. Or, una dintre caracteristicile speciei noastre este că avem un creier ce se simte necontenit obligat să funcționeze, chiar și atunci cînd nu servește la nimic: acest regretabil inconvenient tehnic stă la originea tuturor necazurilor omenești. În loc să se abandoneze unei nobile trîndăvii, unei destinderi elegante, precum șarpele ce picotește la soare, creierul menajerei, furios că nu-i este de nici un ajutor, începe să secrete scenarii șubrede și pretențioase – cu atît mai pretențioase cu cît sarcina de menajeră îi va părea mai degradantă. Și prostia e cu atît mai mare cu cît nu-i nimic degradant în a da cu aspiratorul sau a spăla wc-ul: sînt lucruri care trebuie făcute, atîta tot. Femeile își închipuie însă totdeauna că ele există pe lume pentru cine știe ce misiune aristocratică. La fel și cei mai mulți dintre bărbați, de altminteri, cu mai puțină obstinație totuși, fiindcă lor li se ocupă creierul cu contabilitate, avansări, delațiuni și declarații de impozite, ceea ce lasă mai puțin loc pentru elucubrații.

— Cred că ați rămas puțin în urmă. Astăzi, femeile muncesc și au aceleași griji ca și bărbații.

— Cît ești de naiv! Se prefac. Au sertarele de la birou ticsite cu lacuri pentru unghii și reviste de-ale lor. Femeile de acum sînt chiar mai rele decît menajerele de altădată, care măcar serveau la ceva. Astăzi, femeile își petrec timpul discutînd cu colegele de serviciu subiecte importante cum ar fi problemele lor sentimentale sau legate de calorii - ceea ce înseamnă exact același lucru. Cînd se plictisesc prea tare, se lasă regulate de șefi, ceea ce le procură delicioasa beție de a da peste cap viața altora. Pentru o femeie, asta-i cea mai frumoasă promovare. Cînd distruge viața cuiva, o femeie vede în așa o ispravă dovada supremă a spiritualității ei: „Bag zîzanie, deci am un suflet“, gîndește ea.

— Cine v-ar auzi ar jura că aveți ceva cu femeile.

— Ba bine că nu! Una dintre ele mi-a dat viață, cîtă vreme eu nu-i cerusem nimic.

— Vorbiți ca și cum ați fi în plină vîrstă ingrată.

— Fals: sînt mai mult ca niciodată la vîrsta tuturor împlinirilor.

— Foarte amuzant. Totuși, pentru nașterea dumneavoastră e răspunzător și un bărbat.

— Știi, nici bărbații nu-mi plac.

— Dar detestați mult mai mult femeile. De ce?

— Din toate motivele pe care ți le-am enumerat deja.

— Înțeleg. Vedeți, mi-e greu să cred că nu mai există și alt motiv. Misoginia dumneavoastră miroase clar a dorință de răzbunare.

— Răzbunare? Să răzbun ce? Dintotdeauna am fost celibatar.

— Există și alte motive decît căsătoria. De altfel, poate că nici măcar dumneavoastră nu cunoașteți originea acestei dorințe de răzbunare.

— M-am prins unde bați. Nu, refuz să fiu psihanalizat.

— Fără a merge pînă acolo, ați putea cel puțin să reflectați.

— Dumnezeule mare, să reflectez la ce?

— La relațiile pe care le-ați avut cu femeile.

— Ce relații? Ce femei?

— Să nu-mi spuneți că... Nu!

— Nu ce?

— Sînteți cumva...?

— Ce? Spune odată!

— ...virgin?

— Bineînțeles.

— Imposibil.

— Ba e absolut posibil.

— Nici cu o femeie, nici cu un bărbat?

— Ți se pare dumitale că am moacă de „fetiță“?

— Să nu mă înțelegeți greșit, au existat homosexuali absolut remarcabili.

— Mă faci să rîd. O spui de parcă ai zice: „Există și codoși cinstiți“, ca și cum între

„homosexual" și „remarcabil" ar fi vreo contradicție. Nu, mă revolt împotriva refuzului dumitale de a admite că aș putea fi virgin.

— Puneți-vă în locul meu!

— Cum îți închipui că o ființă ca mine s-ar putea pune în locul dumitale?

— E... este de neconceput! În romanele dumneavoastră vorbiți despre sex ca un specialist, ca un entomolog!

— Sînt doctor în masturbare.

— E suficientă masturbarea pentru a cunoaște atît de bine trupescul?

— De ce te prefaci că m-ai citit?

— Să ne înțelegem, n-am nevoie să vă citesc ca să știu că numele dumneavoastră este asociat cu discursul sexual cel mai precis, cel mai expert.

— Asta-i nostimă. N-o știam.

— Recent, am dat chiar peste o teză cu următorul titlu: „Priapismul tachian la nivelul sintaxei".

— Comic. Subiectele tezelor m-au amuzat și m-au înduioșat întotdeauna: drăguți, studenții ăștia care, ca să-i imite pe cei mari, scriu prostii cu titluri hipersofisticate ale căror conținuturi sînt banalitatea întruchipată, aidoma restaurantelor pretențioase ce împopoțonează maioneza cu titluri mărețe.

— Se înțelege de la sine, domnule Tach, că dacă nu vreți n-am să vorbesc despre asta.

— De ce? Nu-i interesant?

— Dimpotrivă, e chiar prea interesant. Dar n-aș vrea să trădez un asemenea secret.

— Nu-i nici un secret.

— Atunci de ce nu l-ați spus niciodată?

— Nu văd cui l-aș fi putut spune. Totuși, nu mă duc la măcelar ca să vorbesc despre virginitatea mea.

— Bineînțeles, dar nici nu trebuie să le-o destăinuiți ziarelor.

— De ce? Virginitatea e interzisă cumva prin lege?

— Asta-i bună, ține de viața dumneavoastră privată, de intimitatea dumneavoastră.

— Și tot ce m-ai întrebat pînă acum, fățarnicule, nu ținea de viața mea privată? Atunci nu te mai fandoseai atîta. N-are nici un rost să faci dintr-o dată pe fecioara înspăimîntată (trebuie spus), nu ține.

— Nu sînt de acord. Indiscreția are și ea limite care nu trebuie depășite. Un jurnalist este, desigur, indiscret - asta e meseria lui -, dar știe pînă unde are voie să meargă.

— Acum vorbești despre dumneata la persoana a treia?

— Vorbesc în numele tuturor jurnaliștilor.

— Iată și reflexul de castă, tipic pentru mișei. În ce mă privește, vorbesc doar în numele meu, fără altă garanție în afară de mine însumi. Și-ți spun că n-am să mă conformez criteriilor dumitale și că eu hotărăsc ce-i secret și ce nu în viața mea privată. De virginitatea mea mi se fîlfîie: fă ce vrei cu ea.

— Domnule Tach, cred că nu vă dați seama prea bine de primejdiile acestei dezvăluiri. Vă veți simți mînjit, violat...

— Acum fără glumă, tinere, e rîndul meu să-ți pun o întrebare: ești tîmpit sau masochist?

— De ce această întrebare?

— Pentru că dacă nu ești nici tîmpit, nici masochist nu-mi explic comportamentul dumitale. Îți dau o superbă știre în exclusivitate, ți-o dăruiesc printr-un minunat gest de generozitate dezinteresată, iar dumneata, în loc să te arunci asupra ocaziei ca un prădător inteligent, te fandosești de nu mai poți. Știi ce riști dacă o mai ții tot așa? Te expui pericolului ca, exasperat, să-ți confisc știrea, nu ca să-mi apăr sacrosancta viață privată, ci doar așa, ca să-ți dau cu flit. Află că pornirile mele de generozitate nu durează niciodată prea mult, mai ales cînd cineva mă enervează, așa că nu pierde timpul și ia ce-ți ofer pînă nu mă răzgîndesc. Ai putea totuși să-mi mulțumești: nu în fiecare zi îți oferă fecioria un laureat al Premiului Nobel, este?

— Vă mulțumesc din suflet, domnule Tach.

— Așa. Ador lingăii de genul dumitale, dragă.

— Dar dumneavoastră înșivă mi-ați cerut să...

— Și? Nu ești obligat să faci tot ce-ți cer.

— Bine. Să ne întoarcem la subiectul dinainte. În lumina ultimei dezvăluiri pe care mi-ați făcut-o, cred că pot înțelege originea misoginiei dumneavoastră.

— Aha?

— Da, dorința de răzbunare față de femei nu se datorează cumva virginității dumneavoastră?

— Nu văd legătura.

— Cum să nu? Detestați femeile pentru că nici una nu v-a dorit.

Romancierul izbucni în rîs. Umerii i se zgîlțîiau.

— Excelent! Ești foarte hazliu, bătrîne.

— Să înțeleg că negați explicația mea?

— Cred că explicația dumitale se neagă singură. Ai inventat un exemplu moralizator cu cauzalitate inversată – practică în care jurnaliștii excelează, de altminteri. Dumneata atîta ai inversat însă datele problemei, încît te-apucă și amețeala. Vasăzică spui că detest femeile pentru că nici una nu m-a dorit, cînd de fapt eu n-am dorit-o pe nici una pentru simplul motiv că le detestam. Dublă inversiune: bravo, ai talent.

— Vreți cumva să mă faceți să cred că le detestați *a priori*, fără vreun motiv? Cu neputință.

— Zi-mi un aliment pe care-l detești.

— Pisica de mare, dar...

— De ce această dorință de răzbunare împotriva unei biete pisici de mare?

— N-am nici o dorință de răzbunare împotriva pisicii de mare, nu mi-a plăcut niciodată, atîta tot.

— Ei bine, uite că ne-nțelegem. Eu n-am nici o dorință de răzbunare împotriva femeilor, însă le-am detestat dintotdeauna, atîta tot.

— Orișicît, domnule Tach, nu puteți face o comparație între cele două. Ce-ați spune dacă eu v-aș compara cu limba de vițel?

— Aș fi foarte flatat, e delicioasă.

— Haide, fiți serios.

— Totdeauna sînt serios. Și e regretabil din punctul dumitale de vedere, tinere, întrucît, dacă n-aș fi serios, n-aș băga de seamă că această întrevedere a fost de o durată fără precedent și că nu meritai atîta generozitate din partea mea.

— Dar ce am făcut ca să nu o merit?

— Ești un ingrat și un om de rea-credință.

— Eu sînt de rea-credință? Dar dumneavoastră?

— Ce nesimțire! Dintotdeauna am știut că buna mea credință n-o să-mi folosească la nimic. Nu numai că trece nebăgată în seamă, dar e și răstălmăcită - ce-i drept, dumneata ești specialist în inversiuni –, taxată drept rea-credință. Probabil că jertfa mea n-a servit la nimic. Mă gîndesc cîteodată că, de-ar fi s-o iau de la capăt, aș juca totul pe cartea relei-credințe, ca să cunosc și eu odată tihna și stima de care vă bucurați. După aceea vă privesc însă și vă găsesc atît de respingători, încît mă felicit că nu v-am imitat, deși în felul ăsta m-am condamnat la singurătate. Singurătatea e o binefacere dacă mă îndepărtează de mocirla voastră. O fi hîdă viața mea, dar îmi place mai mult decît a dumitale. Pleacă, domnule: mi-am sfîrșit tirada, așa că ai, rogu-te, simțul mizanscenei, ai atîta bun-simț și pleacă.

La cafeneaua din față, istorisirea jurnalistului relansă discuția:

— În asemenea condiții, ne mai permite oare deontologia să continuăm întrevederile?

— Cu siguranță, Tach ne-ar răspunde că ar trebui să fim niște fățarnici ca să mai putem vorbi despre deontologie în meseria noastră.

— Bineînțeles că asta ne-ar spune, totuși, Tach nu-i papa de la Roma. Nu sîntem obligați să-i înghițim porcăriile.

— Problema e că porcăriile lui miros de la o poștă a adevăr.

— Gata, v-a prins în jocul lui. Îmi pare rău, dar eu pe tipu' ăsta nu mai pot să-l respect. Prea n-are rușine.

— Avea perfectă dreptate: ești un ingrat. Îți dă o știre de vis în exclusivitate, iar tu, drept mulțumire, îl disprețuiești.

— Dar n-ai auzit ce insulte mi-a aruncat?

— Tocmai. Insultele astea îmi permit să-mi explic furia ta.

— Abia aștept să-ți vină și ție rîndul. Să vezi atunci ce-o să rîdem.

— Și eu abia aștept să-mi vină rîndul.

— Dar ce-a zis despre femei ați auzit?

— Ei, nu poți spune că s-a înșelat întru totul.

— Vouă nu vi-e rușine? Noroc că nu-i nici o femeie cu noi să v-audă. Apropo, cine merge mîine?

— Un necunoscut. N-a venit să se prezinte.

— Pentru cine lucrează?

— Nu se știe.

— Nu uita că Gravelin ne cere fiecăruia cîte o copie a înregistrării. I-o datorăm.

— Tipu' e un sfînt. De cîți ani o fi lucrînd pentru Tach? Nu cred să fi fost tot timpul o fericire.

— De acord, dar să lucrezi pentru un geniu trebuie să fie totuși fascinant.

— Geniul nu-i decît un pretext în toată tărășenia asta.

— Că veni vorba, de ce vrea Gravelin să asculte înregistrările?

— Are nevoie să-și cunoască mai bine torționarul. Îl înțeleg.

— Mă întreb cum reușește să-l suporte pe grăsan.

— Nu-l mai numi așa pe Tach. Nu uita cine e.

— Pentru mine, de azi dimineață nu mai există nici un Tach. Are să fie întotdeauna doar grăsanul. N-ar trebui să ne întîlnim niciodată cu scriitori.

— Cine ești dumneata? Ce cauți la ușa mea?

— Sîntem pe 18 ianuarie, domnule Tach, ziua care mi-a fost fixată pentru a vă întîlni.

— Colegii nu ți-au spus că...

— Nu i-am văzut pe acești oameni. N-am nici o legătură cu ei.

— Un punct în plus pentru dumneata. Dar ar fi trebuit să te avertizeze.

— Secretarul dumneavoastră, domnul Gravelin, mi-a pus benzile să le ascult aseară. Mă aflu aici în deplină cunoștință de cauză.

— Știai ce cred despre dumneata și totuși ai venit?

— Da.

— Bun. Bravo. A fost o faptă curajoasă din partea dumitale. Acum poți pleca.

— Nu.

— Ți-a reușit isprava. Ce-ți mai trebuie? Vrei să-ți semnez un atestat?

— Nu, domnule Tach, îmi doresc foarte mult să vă vorbesc.

— Ascultă, a fost foarte nostim, însă răbdarea mea are limitele ei. Gluma s-a terminat: șterge-o.

— Nici nu se pune problema. Am primit permisiunea domnului Gravelin, la fel ca și ceilalți jurnaliști. Așa că rămîn.

— Gravelin ăsta e un trădător. I-am spus foarte clar să trimită la plimbare revistele pentru femei.

— Nu lucrez la o revistă pentru femei.

— Cum? Mai nou, presa masculină angajează femele?

— Nu e nici o noutate, domnule Tach.

— Ei, la naiba! Promițător: la început angajezi femele, la urmă ajungi să angajezi negri, arabi, irakieni!

— Tocmai un laureat al Premiului Nobel spune lucruri atît de elevate?

— Un laureat al Premiului Nobel pentru Literatură, nu pentru Pace, slavă Domnului!

— Chiar așa, slavă Domnului.

— Doamna face pe spirituala?

— Domnișoara.

— Domnișoară? Nu mă miră, la cît ești de slută. Și lipicioasă, pe deasupra! Au dreptate bărbații că nu te iau de nevastă.

— Ați rămas în urmă cu vreo cîteva războaie, domnule Tach. În zilele noastre, o femeie poate rămîne celibatară dacă are chef.

— I-auzi! Zi mai bine că nu găsești pe nimeni să te reguleze.

— Dragă domnule, asta-i treaba mea.

— A, da, e viața dumitale privată, nu-i așaaa?

— Exact. Dacă vă amuză să povestiți la toată lumea că sînteți virgin, e dreptul dumneavoastră. Ceilalți nu sînt obligați să vă imite.

— Cine ești tu să mă judeci, mucoasă neobrăzată, sluțenie stătută?

— Domnule Tach, vă dau două minute pe ceas să vă scuzați pentru ultimele dumneavoastră cuvinte. Dacă după două minute nu mi-ați prezentat scuze, plec și vă las să muriți de urît în mizerabilul dumneavoastră apartament.

În secunda următoare, obezul păru să se sufoce.

— Impertinento! N-are nici un rost să te uiți la ceas: de-ai rămîne și doi ani aici, tot nu ți-aș prezenta nici o scuză. Tu să-ți ceri scuze! Și apoi, de unde-ai mai scos că țin la prezența ta? De cînd ai intrat, ți-am poruncit să nu mai încurci locul pe-aici de cel puțin două ori. Așa că nu mai aștepta să treacă alea două minute, că-ți pierzi vremea. Ușa-i acolo! Ușa-i acolo, m-auzi?

Ea nu părea să-l audă. Continua să se uite la ceas cu o expresie de nepătruns. Ce poate fi mai scurt decît două minute? Și totuși, două minute pot părea nesfîrșite cînd sînt măsurate riguros într-o tăcere de moarte. Indignarea bătrînului avu timp să se preschimbe în stupoare.

— Bine, cele două minute au trecut. Adio, domnule Tach, a fost o încîntare să vă cunosc.

Se ridică și porni spre ușă.

— Nu pleca. Îți poruncesc să rămîi.

— Aveți ceva să-mi spuneți?

— Stai jos.

— E prea tîrziu să vă mai scuzați, domnule Tach. Răgazul s-a scurs.

— Rămîi, la dracu'!

— Adio.

Deschise ușa.

— Mă scuz, auzi? Mă scuz!

— V-am spus că e prea tîrziu.

— La naiba, e pentru prima dată în viața mea cînd mă scuz!

— Probabil de aceea vă prezentați scuzele cu atîta stîngăcie.

— Ai ceva de reproșat scuzelor mele?

— Chiar prea multe. Mai întîi, că vin prea tîrziu: aflați că scuzele tardive și-au pierdut jumătate din calități. Apoi, dacă ați vorbi corect această limbă, ați ști că nu se zice: „Mă scuz“, ci: „Vă prezint scuzele mele“ sau, și mai bine: „Vă rog să mă scuzați“ ori, chiar mai bine: „Vă rog să-mi acceptați scuzele“, însă cea mai bună formulă este: „Vă rog să binevoiți a-mi accepta scuzele“.

— Ce păsărească ipocrită!

— Ipocrită sau nu, dacă nu-mi prezentați scuze după toate regulile cuvenite, plec imediat.

— Vă rog să binevoiți a-mi accepta scuzele.

— Domnișoară.

— Vă rog să binevoiți a-mi accepta scuzele, domnișoară. Ei, acum ești mulțumită?

— Cîtuși de puțin. Ați auzit cu ce ton ați spus-o? Același ton l-ați fi folosit ca să mă întrebați ce marcă de lenjerie port.

— Ce marcă de lenjerie porți?

— Adio, domnule Tach.

Deschise ușa din nou. Obezul strigă zorit:

— Vă rog să binevoiți a-mi accepta scuzele, domnișoară!

— E mai bine. Data viitoare să fiți mai prompt. Ca să vă pedepsesc pentru încetineală, vă poruncesc să-mi spuneți de ce nu vreți să plec.

— Ce, încă nu s-a terminat?

— Nu. Cred că merit niște scuze desăvîrșite. Limitîndu-vă la o simplă formulă, nu ați fost prea credibil. Ca să fiu convinsă, am nevoie să vă justificați, să faceți astfel încît să am chef să vă iert – căci nu v-am iertat încă, ar fi prea ușor.

— Exagerezi!

— Dumneavoastră îmi spuneți asta?

— Plimbă ursu'!

— Prea bine.

Deschise ușa din nou.

— Nu vreau să pleci pentru că mi-e urît! De douăzeci și patru de ani mor de urît!

— Iată că am ajuns și la problemă.

— Bucură-te, ai să poți istorisi în gazeta dumitale că Prétextat Tach e un biet moșneag care moare de urît de douăzeci și patru de ani. Mă poți da pradă odioasei compătimiri a gloatelor.

— Dragă domnule, știam că muriți de urît. Nu-mi spuneți nimic nou.

— Mergi la cacealma. De unde ai fi putut să știi?

— Există contradicții care nu înșală. Am ascultat împreună cu domnul Gravelin înregistrările celorlalți jurnaliști. Spuneați acolo că secretarul v-a organizat întîlnirile cu presa împotriva voinței dumneavoastră. Domnul Gravelin mi-a certificat contrariul: mi-a povestit cît de mult v-ați bucurat la ideea că vi se vor lua interviuri.

— Trădătorul!

— N-aveți nici un motiv să roșiți, domnule Tach. Cînd am auzit asta, am găsit că sînteți simpatic.

— Mi se rupe de simpatia dumitale.

— Totuși, nu vreți să plec. Și cam în ce fel aveți de gînd să vă distrați cu mine?

— Am un chef teribil să te calc pe bătături. Nimic nu mă amuză mai mult.

— M-ați fermecat. Și vă închipuiți că asta o să-mi dea chef să rămîn?

— Unul dintre cei mai mari scriitori ai secolului îți face nemăsurata cinste de a-ți spune că are nevoie de dumneata și nu ți-e de-ajuns?

— Ați vrea poate să plîng de fericire și să vă scald picioarele cu lacrimile mele?

— Da, mi-ar plăcea destul de mult. Îmi place ca lumea să se tîrască în fața mea.

— În acest caz, nu mă mai rețineți: nu e genul meu.

— Rămîi: ești căpoasă, iar asta mă amuză. De vreme ce nu pari hotărîtă să mă ierți, hai să facem un pariu, vrei? Pun prinsoare că, la sfîrșitul interviului, am să te fac să vomiți ca și pe predecesorii dumitale. Îți plac pariurile, nu?

— Nu-mi plac pariurile gratuite. Am nevoie de o miză.

— Ești interesată, hai? Vrei biștari?

— Nu.

— O, domnișoara e deasupra chestiilor de genul ăsta?

— Nicidecum. Numai că dacă aș fi vrut biștari m-aș fi adresat altcuiva. Altceva vreau de la dumneavoastră.

— Sper că nu fecioria mea.

— Vă obsedează fecioria asta. Nu, ar trebui să fiu disperată ca să-mi doresc așa o grozăvie.

— Mulțumesc. Atunci ce vrei?

— Spuneați ceva de tîrît. Propun ca miza să fie aceeași pentru amîndoi: dacă cedez, mă tîrăsc la picioarele dumneavoastră; dacă cedați, vă tîrîți la picioarele mele. Și mie-mi place ca oamenii să se tîrască în fața mea.

— Mă înduioșezi crezîndu-te în stare să te măsori cu mine.

— Mi se pare că am cîștigat deja o primă manșă adineauri.

— Biată copilă, asta numești tu o primă manșă? Nu erau decît niște adorabile preliminarii.

— La capătul cărora v-am făcut praf.

— Poate. Dar pentru victoria aceea nu dispuneai decît de un singur argument zdrobitor, pe care acum nu-l mai ai.

— A?!

— Da, argumentul era că ai să ieși pe ușă afară. Acum n-ai mai fi în stare, îți dorești prea mult miza. Am văzut cum ți-au lucit ochii la gîndul că am să mă tîrăsc la picioarele dumitale. Perspectiva asta te încîntă prea mult. N-ai să pleci înainte să ducem pariul pînă la capăt.

— S-ar putea să vă pară rău.

— Poate. Pînă atunci, simt că o să mă amuz. Ador să zdrobesc oamenii, să nimicesc reauacredință ce vă stăpînește pe toți. Și mai e un exercițiu care-mi face o deosebită plăcere: să umilesc femelele încrezute, mucoasele de genul dumitale.

— Iar distracția mea predilectă e să dezumflu bășicile puhave pline de sine.

— Ceea ce ai spus e atît de tipic pentru epoca dumitale! Am oare de-a face cu o mașină de melițat slogane?

— Fiți pe pace, domnule Tach: cu țîfna reacționară și rasismul grosier ce vă caracterizează, și dumneavoastră sînteți tipic pentru epoca noastră. Erați mîndru, nu-i așa, crezîndu-vă anacronic? Nu sînteți nici cît negru sub unghie. Istoric vorbind, nu sînteți nici măcar original: fiecare generație și-a avut specialistul ei în imprecații, monstrul sacru a cărui glorie n-avea alt reazem decît spaima pe care le-o inspira naivilor. Mai trebuie oare să vă spun cît de șubredă este această glorie și cît de repede veți fi uitat? Aveați dreptate cînd afirmați că nimeni nu vă citește. Astăzi, grosolănia și insultele dumneavoastră le amintesc oamenilor că existați; cînd țipetele dumneavoastră vor fi amuțit, nimeni n-are să vă mai țină minte, pentru că nimeni n-are să vă mai citească. Și cu atît mai bine.

— Ce delicioasă mostră de elocință, domnișoară! Unde naiba te-au școlit? Ce mai împletire de jalnică agresivitate și șarje ciceroniene, totul nuanțat (dacă mi-e îngăduit să zic așa) cu mici tușe hegeliene și sociolatre: o capodoperă.

— Dragă domnule, cu sau fără pariu, vă reamintesc că rămîn un jurnalist. Tot ce spuneți se înregistrează.

— Formidabil. Sîntem pe cale să îmbogățim gîndirea occidentală cu dialectica ei cea mai strălucită.

— Dialectică e cuvîntul pe care-l folosim cînd nu mai avem nimic altceva de rezervă, nu?

— Bună observație. E jokerul saloanelor.

— Să deduc de aici că deja nu mai aveți ce să-mi spuneți?

— Nici n-am avut să-ți spun ceva vreodată, domnișoară. Cînd mori de urît ca mine vreme de douăzeci și patru de ani, nu mai ai nimic să le spui oamenilor. Și dacă totuși tînjești după tovărășia lor e pentru că tragi nădejde să te distreze de nu prin inteligența, baremi prin prostia lor. Așa că fă ceva, distrează-mă!

— Nu știu dacă am să reușesc să vă distrez, în schimb sînt sigură că am să reușesc să vă deranjez.

— Să mă deranjezi! Biată copilă, stima mea pentru dumneata a căzut sub pragul lui zero. Să mă deranjezi! În sfîrșit, ai fi putut zice mai rău, ai fi putut zice pur și simplu „să deranjez". De cînd datează folosirea asta intranzitivă a verbului „a deranja"? Din vremea lui mai '68? Nu m-ar mira, miroase clar a cocteil Molotov, drăguțul de el, a baricadă gigea, a revoluțiune pentru studențași bine hrăniți și a viitor luminos pentru băieții de familie bună. Să vrei „să deranjezi" înseamnă să vrei „să repui în discuție", „să conștientizezi" – și fără complement direct, vă rog frumos: te face să pari atît de inteligent, și apoi e și foarte practic pentru că, la urma urmelor, îți permite să nu precizezi ceva ce nici n-ai fi în stare să precizezi.

— De ce vă pierdeți timpul spunîndu-mi asta? Îmi precizasem complementul direct: am zis „să vă deranjez".

— Mda. Nu-i cu mult mai grozav. Biata mea copilă, ai fi fost o asistentă socială perfectă. Nu există ceva mai caraghios decît mîndria oamenilor care declară că vor să deranjeze: îți vorbesc cu mulțumirea de sine a unor mesia în curs de dezvoltare. Pentru că, zău, au o misiune! Ei bine, dă-i drumul, conștientizează-mă, deranjează-mă, să rîdem și noi nițel!

— Extraordinar, vă distrez deja!

— Gust orice spectacol. Dă-i 'nainte.

— Fie. Puțin mai devreme, ați afirmat că nu aveți nimic să-mi spuneți. Reciproca nu e valabilă.

— Dă-mi voie să ghicesc. Ce-ar putea să-mi spună o mică femelă din specia dumitale? Că femeia nu e pusă în valoare în opera mea? Că fără femeie bărbatul nu se va împlini niciodată?

— Rateu.

— Atunci poate vrei să știi cine face curat aici?

— De ce nu? În felul ăsta veți avea ocazia să fiți și dumneavoastră interesant măcar o dată.

— Așa, folosește provocarea, arma bicisnicilor. Ei bine, află că o portugheză vine în fiecare joi după-amiază să deretice prin apartament și să-mi ia lenjeria murdară. Uite măcar o femeie cu o slujbă respectabilă.

— În ideologia dumneavoastră, femeia stă acasă, la cîrpă și la mătură, nu-i așa?

— În ideologia mea, femeia nu există.

— Și mai bine. Probabil că juriul Premiului Nobel se pricopsise cu o insolație strașnică în ziua în care vi l-a acordat.

— Sîntem și noi de acord măcar o dată. Acest Nobel este o culme în istoria neînțelegerilor. A-mi acorda mie Premiul Nobel pentru Literatură e ca și cum i-ai da lui Saddam Premiul Nobel pentru Pace.

— Nu vă lăudați. Saddam vă întrece în celebritate.

— Normal, fiindcă lumea nu mă citește. Dacă m-ar citi, aș fi mai periculos și deci mai celebru decît el.

— Numai că, iată, nu vă citește. Cum explicați acest refuz universal de a vă citi?

— Instinct de conservare. Reflex imunitar.

— Mereu găsiți explicații măgulitoare în ceea ce vă privește. Și dacă nu v-ar citi pur și simplu pentru că plictisiți?

— Plictisesc? Ce eufemism rafinat! De ce nu zici că sictiresc?

— Nu văd de ce ar fi nevoie să ne cantonăm într-un limbaj de mahala. Nu-mi ocoliți însă întrebarea, dragă domnule.

— Sînt plicticos? Am să-ți dau un răspuns de o uimitoare bună-credință: habar n-am. Sînt ultima ființă de pe planetă în măsură să o spună. Fără doar și poate, Kant credea că *Critica rațiunii pure* e o carte pasionantă, și nu din vina lui: stătea cu nasul în ea. De aceea, domnișoară, mă văd silit să-ți înapoiez întrebarea goală-goluță: sînt plicticos? Oricît de proastă ai fi, răspunsul dumitale prezintă mai mult interes decît al meu, cu toate că nu m-ai citit, ceea ce-i dincolo de orice bănuială.

— Eroare. Aveți în față una dintre puținele ființe omenești care v-au citit toate cele douăzeci și două de romane fără să sară un rînd.

Obezul rămase fără grai preț de patruzeci de secunde.

— Bravo. Îmi plac oamenii în stare de minciuni atît de gogonate.

— Regret, dar ăsta-i adevărul. Am citit tot ce-ați scris.

— Sub amenințarea revolverului?

— Din proprie voință - ba nu, din proprie dorință.

— Imposibil. Dacă ai fi citit tot ce-am scris n-ai mai fi așa cum te văd.

— Și ce vedeți din mine, la drept vorbind?

— Văd o mică femelă insignifiantă.

— Pretindeți cumva că distingeți ce se petrece în mintea acestei mici și insignifiante femele?

— Cum, în mintea dumitale se petrece ceva? *Tota mulier in utero.*

— Vai, nu cu pîntecul v-am citit. Veți fi deci silit să-mi suportați părerile.

— Dă-i drumul, să vedem un pic ce numești dumneata „părere".

— Înainte de toate, ca să vă răspund la prima întrebare, nu m-am plictisit nici o clipă citindu-vă cele douăzeci și două de romane.

— Ce ciudat! Credeam că-i istovitor să citești fără să pricepi.

— Și să scrii fără să pricepi nu-i istovitor?

— Sugerezi că n-aș înțelege propriile mele cărți?

— Aș zice mai curînd că aceste cărțulii dau pe dinafară de atîta ifos. Iar asta face parte din farmecul lor: citindu-vă, am simțit o continuă alternare de pasaje grele de sens și de paranteze de absolută cacealma - absolută deoarece era cacealma și pentru autor, și pentru cititor. Îmi imaginez cum trebuie să mai fi jubilat dînd acelor paranteze strălucitor de găunoase, delirante la modul solemn, aparențele profunzimii și ale necesității. Pentru un scriitor de virtuozitatea dumneavoastră, jocul trebuie să fi fost o delectare.

— Ce tot trăncănești acolo?

— Și pentru mine a fost o delectare. Era fascinant să văd atîta rea-credință ieșind de sub pana unui scriitor ce pretinde că o combate. Ar fi fost enervant dacă reaua dumneavoastră credință ar fi fost consecventă. Dar să treci necontenit de la buna la reaua-credință mi se pare de o neonestitate genială.

— Și te socoți cumva în stare să le deosebești una de cealaltă, măruntă femelă încrezută?

— Nimic mai simplu! De fiecare dată cînd un pasaj mă făcea să rîd cu lacrimi, înțelegeam că acolo se ascunde o cacealma. Și mi s-a părut ceva foarte inteligent: să lupți împotriva relei-credințe prin rea-credință, prin terorism intelectual, să fii mai viclean decît adversarul, iată o tactică deosebită. Chiar prea deosebită, de altfel, căci e prea fină pentru un adversar atît de necioplit. Nu trebuie să vă învăț eu că machiavelismul își atinge rareori ținta: măciucile zdrobesc mai bine decît angrenajele subtile.

— Spui că merg la cacealma: ce jalnic coțcar pot fi pe lîngă dumneata, care pretinzi că ai citit tot ce am scris!

— Tot ce era disponibil - da. Întrebați-mă dacă vreți să mă verificați.

— Bravo, n-am ce zice, ca pentru adoratorii lui Tintin: „Ce număr de înmatriculare are acel Volvo roșu din *L'Affaire Tournesol*?". Grotesc. Nu te baza pe mine dacă vrei să-mi dezonorezi operele cu asemenea procedee.

— Ce trebuie să fac atunci ca să vă conving?

— Nimic. N-ai să mă poți convinge.

— În acest caz, n-am nimic de pierdut.

— Nici n-ai avut vreodată ceva de pierdut cu mine. Sexul dumitale te condamna din start.

— Pentru că tot sîntem aici: am făcut o scurtă examinare a personajelor dumneavoastră feminine.

— Eram sigur. Începe promițător.

— Spuneați acum cîteva clipe că, în ideologia dumneavoastră, femeia nu există. Mi se pare uimitor că un bărbat care emite asemenea sentințe a creat atîtea femei de hîrtie. Nu le voi trece pe toate în revistă, însă am numărat în opera dumneavoastră vreo patruzeci și șase de personaje feminine.

— Mă întreb ce dovedește asta.

— Dovedește că femeia există în ideologia dumneavoastră: prima contradicție. Veți vedea că mai sînt și altele.

— O, domnișoara a pornit la vînătoare de contradicții! Află, biată dăscăliță ce ești, că Prétextat Tach a înălțat contradicția la rangul de artă. Îți poți închipui ceva mai elegant, mai subtil, mai deconcertant și mai iscusit decît sistemul meu de autocontrazicere? Și uite că o prostuță plină de ifose – numai ochelarii îți mai lipsesc – vine să-mi dea de știre cu un aer triumfător că a descoperit în opera mea niște contradicții supărătoare! Nu că-i minunat să te citească un public atît de subțire?

— N-am spus niciodată că e o contradicție supărătoare.

— Nu, dar era limpede că asta gîndeai.

— Sînt mai în măsură decît dumneavoastră să știu ce gîndesc.

— Rămîne de dovedit.

— Și, în cazul de față, consideram contradicția interesantă.

— Cerule!

— Așadar, ziceam, patruzeci și șase de personaje feminine.

— Pentru ca numărătoarea dumitale să prezinte cît de cît interes, ar fi trebuit să pui la socoteală și personajele masculine, copila mea.

— Am făcut-o.

— Cîtă prezență de spirit!

— O sută șaizeci și trei de personaje masculine.

— Mititica, biata de tine, dacă nu mi-ai inspira atîta milă, nu m-aș abține să rîd de o asemenea disproporție.

— Mila este un sentiment ce ar trebui proscris.

— Oho, l-a citit pe Zweig! Cît e ea de cultivată! Vezi, scumpa mea, brutele care mi se aseamănă se opresc la Montherlant, pe care nu pari să-l fi citit defel. Mi-e milă de femei, deci le urăsc, și viceversa.

— Dacă tot aveți niște sentimente atît de sănătoase față de sexul nostru, explicați-mi de ce ați mai creat patruzeci și șase de personaje feminine.

— Nici vorbă: dumneata să-mi explici. Pentru nimic în lume n-aș renunța la așa o distracție.

— Nu eu trebuie să vă explic opera. În schimb, pot să vă împărtășesc cîteva constatări.

— Chiar te rog.

— Vi le servesc așa cum îmi vin. Ați scris cărți fără femei. *Apologia dispepsiei*, bineînțeles...

— De ce „bineînțeles“?

— Asta-i bună, pentru că e o carte fără nici un personaj.

— Așadar e adevărat că m-ai citit, cel puțin parțial.

— Nu există femei nici în *Dizolvantul*, *Perle pentru un masacru*, *Buddha într-un pahar cu apă*, *Atentat la urîțenie*, *Sinistru total*, *Moartea, de restul vă scutesc*, și – ceea ce este într-adevăr surprinzător – nici măcar în *Pokerul, Femeia și Ceilalți*.

— Ce rafinată subtilitate din partea mea.

— Ceea ce înseamnă deci opt romane fără femei. Douăzeci și doi minus opt egal paisprezece. Ne mai rămîn paisprezece romane între care se împart cele patruzeci și șase de personaje feminine.

— Frumos lucru, știința asta.

— Bineînțeles, repartizarea nu e omogenă între cărțile rămase.

— De ce „bineînțeles"? Am oroare de toți acești „bineînțeles" pe care te crezi obligată să-i folosești atunci cînd vorbești despre cărțuliile pe care le-am scris, de parcă opera mea ar fi ceva cît se poate de previzibil, cu resorturi cum nu se poate mai transparente.

— Tocmai pentru că opera dumneavoastră este imprevizibilă am folosit acest „bineînțeles".

— Fără sofisme, te rog.

— Recordul absolut în materie de personaje feminine este deținut de *Violuri gratuite între două războaie*, în care figurează douăzeci și trei de femei.

— Explicabil.

— Patruzeci și șase minus douăzeci și trei egal douăzeci și trei. Ne mai rămîn treisprezece romane și douăzeci și trei de femei.

— Admirabilă statistică.

— Ați scris patru romane monogine, dacă-mi pot permite un neologism atît de puțin cuviincios.

— Dar poți oare să ți-l permiți?

— Este vorba despre *Rugăciune cu efracție*, *Sauna și alte Desfrîuri*, *Proza epilării* și *Cum să crăpi fără adverb*.

— Cu ce efectiv mai rămînem?

— Nouă romane și nouăsprezece femei.

— Repartiție?

— *Jigodiile*: trei femei. Toate celelalte cărți sînt digine: *Crucifixiunea fără dureri*, *Dezordinul jartierei*, *Urbi et orbi*, *Sclavele din oază*, *Membrane*, *Trei budoare*, *Grația concomitentă* – și mai lipsește una.

— Nu, le-ai spus pe toate.

— Credeți?

— Da, ți-ai învățat bine lecția.

— Sînt convinsă că lipsește una. Ar trebui să le număr iar de la început.

— A, nu, doar n-ai s-o iei de la capăt!

— Va trebui, altfel statisticile mele se năruie.

— Îți dau eu absoluțiunea.

— Atîta rău, o iau de la capăt. Aveți o coală de hîrtie și un creion?

— Nu.

— Haide, domnule Tach, ajutați-mă, cîștigăm timp!

— Ți-am spus să n-o mai iei de la capăt! Mă termini cu enumerările dumitale!

— Atunci ajutați-mă și spuneți-mi titlul care lipsește!

— Dar n-am nici o idee! Uitasem deja jumătate din titlurile pe care le-ai inventariat.

— Vă uitați propriile opere?

— Firește. O să te convingi cînd o să ai optzeci și trei de ani.

— Totuși, există unele romane pe care n-ați fi avut cum să le uitați.

— Tot ce se poate, dar care?

— Nu eu trebuie să vi le spun.

— Ce păcat! Judecata dumitale mă amuză atît de mult.

— Sînt încîntată. Acum, puțină liniște, vă rog. Reiau: *Apologia dispepsiei*, unu, *Dizolvantul*...

— Îți bați joc de mine, sau cum?

— ...doi. *Perle pentru un masacru*, trei.

— Ai dat cumva în mintea copiilor?

— Aveți cumva titlul lipsă?

— Nu.

— Cu atît mai rău. *Buddha într-un pahar cu apă*, patru. *Atentat la urîțenie*, cinci.

— 165. 28. 3925. 424.

— N-o să izbutiți să mă încurcați. *Sinistru total*, șase. *Moartea, de restul vă scutesc*, șapte.

— Vrei o caramea?

— Nu. *Pokerul, Femeia și Ceilalți*, opt. *Violuri gratuite între două războaie*, nouă.

— Vrei un Alexandra?

— Liniște! *Rugăciune cu efracție*, zece.

— Ai grijă la siluetă, hai? Eram sigur. Crezi că nu ești destul de slabă și așa?

— *Sauna și alte Desfrîuri*, unsprezece.

— Mă așteptam la un răspuns de genul ăsta.

— *Proza epilării*, doisprezece.

— Ei, dar e o nebunie, mi le reciți exact în aceeași ordine ca și prima oară.

— Vedeți dar că aveți o memorie excelentă. *Cum să crăpi fără adverb*, treisprezece.

— Nu trebuie exagerat niciodată. Dar de ce nu le enumeri în ordine cronologică?

— Vă aduceți aminte chiar și ordinea lor cronologică? *Jigodiile*, paisprezece. *Crucifixiunea fără dureri*, cincisprezece.

— Fii drăguță, oprește-te.

— Cu o singură condiție: să-mi spuneți titlul lipsă. Aveți o memorie prea bună ca să-l fi uitat.

— Și totuși, așa e. Amnezia are astfel de incoerențe.

— *Dezordinul jartierei*, șaisprezece.

— O s-o mai ții mult așa?

— Atîta cît va fi nevoie ca să vă împrospătez memoria.

— Memoria mea? Ai zis memoria „mea"?

— Într-adevăr.

— Să înțeleg că dumneata n-ai uitat romanul în cauză?

— Cum aș fi putut să-l uit?

— Și atunci de ce nu-i spui singură numele?

— Vreau să-l aud din gura dumneavoastră.

— Dacă-ți spun că nu mi-l aduc aminte!

— Nu vă cred.

— Da' ce-are așa de nemaipomenit?

— Știți foarte bine.

— Nu. Sînt un geniu care se ignoră.

— Dați-mi voie să rîd.

— În sfîrșit, dacă romanul ăsta ar fi fost așa de fabulos, mi s-ar mai fi vorbit despre el. Însă nu mi s-a vorbit niciodată. Cînd vine vorba de opera mea, totdeauna se citează aceleași patru cărțulii.

— Știți foarte bine că asta nu înseamnă nimic.

— O, înțeleg. Domnișoara este o snoabă de salon. Ești genul care exclamă: „Dragă prietene, îl știi pe Proust? Nu, nu *Căutarea*, nu fi vulgar! Eu îți vorbesc despre articolul lui apărut în 1904 în *Le Figaro*...“.

— Să admitem că sînt snoabă. Titlul lipsă, vă rog.

— Din păcate, nu-mi place.

— Iată un lucru care îmi confirmă prezumțiile.

— Prezumțiile dumitale? Auzi-o și pe asta.

— Bine. Întrucît refuzați să cooperați, voi fi nevoită să-mi iau de la capăt enumerarea – nu-mi mai aduc aminte unde am rămas.

— N-ai nevoie să-ți repeți litania, știi ce titlu lipsește.

— Vai, mi-e teamă că iar l-am uitat! *Apologia dispepsiei*, unu.

— Încă un cuvînt și te sugrum, așa neputincios cum sînt.

— Să mă sugrumați? Alegerea acestui verb mi se pare grăitoare.

— Ai prefera să-ți fac felul ca la iepuri?

— De astă dată, dragă domnule, nu veți mai izbuti să ocoliți subiectul. Vorbiți-mi așadar despre sugrumare.

— Ce, am scris vreo carte care se chema așa?

— Nu tocmai.

— Uite ce-i, devii oripilantă cu ghicitorile dumitale. Zi-mi titlul și să terminăm o dată.

— Nu mă grăbesc să termin. Mă amuz foarte bine.

— Ești singura.

— Situația e cu atît mai plăcută. Să nu ne îndepărtăm însă prea mult. Vorbiți-mi despre sugrumare, dragă domnule.

— N-am nimic să-ți spun despre acest subiect.

— A, nu? Și atunci de ce m-ați amenințat?

— Ziceam și eu, așa, ca și cum aș fi zis: „Plimbă ursu', dispari!".

— Da. Și totuși, ca din întîmplare, ați preferat să mă amenințați cu sugrumarea. Ciudat.

— Unde vrei să ajungi? Ești cumva o maniacă a lapsusurilor freudiene? Asta-mi mai lipsea.

— Nu credeam în lapsusurile freudiene. De un minut încoace, am început să cred.

— Eu nu credeam în eficacitatea torturii verbale. De mai multe minute încoace, am început să cred.

— Mă flatați. Dar hai să jucăm cu cărțile pe masă, vreți? Am timp berechet și, pînă nu dezgropați titlul lipsă, pînă nu vorbiți despre sugrumare, nu vă las.

— Dumitale nu ți-e rușine să te iei de un bătrîn neputincios, obez, sărac și bolnav?

— Nu știu ce-i aia rușine.

— Încă o virtute pe care profesorii uită să v-o sădească în suflete.

— Domnule Tach, nici dumneavoastră nu știți ce-i rușinea.

— Normal. N-am nici un motiv să-mi fie rușine.

— Oare n-ați spus că romanele dumneavoastră sînt dăunătoare?

— Tocmai: mi-ar fi rușine să nu fi dăunat omenirii.

— În cazul de față, nu omenirea mă interesează.

— Ai dreptate, omenirea nu-i interesantă.

— Indivizii sînt interesanți, nu-i așa?

— Într-adevăr, sînt atît de rari.

— Vorbiți-mi despre un individ pe care l-ați cunoscut.

— Ei bine, Céline, de pildă.

— A, nu, nu Céline.

— Cum, Céline nu e destul de interesant pentru domnișoara?

— Vorbiți-mi despre un individ pe care l-ați cunoscut în carne și oase, alături de care ați trăit, cu care ați vorbit etc.

— Infirmiera?

— Nu, nu infirmiera. Haide, știți unde vreau să ajung. Știți chiar foarte bine.

— Habar n-am, sîcîitoare ce ești.

— Am să vă spun o povestioară care poate vă va ajuta creierul senil să-și regăsească amintirile.

— Prea bine. Pentru că am să fiu scutit să vorbesc ceva vreme, cer permisiunea să-mi iau caramelele. Chiar am nevoie de ele, la cîte chinuri mă faci să îndur.

— Aveți permisiunea mea.

Romancierul băgă în gură o caramea mare, pătrată.

— Povestea mea începe cu o descoperire uimitoare. După cum știți, jurnaliștii sînt ființe lipsite de scrupule. Am scormonit deci prin trecutul dumneavoastră fără să vă consult, deoarece mi-ați fi interzis. Văd că surîdeți și știu deja ce gîndiți: că n-ați lăsat nici o urmă, că sînteți ultimul reprezentant al familiei dumneavoastră, că n-ați avut niciodată prieteni, pe scurt, că nimic nu mi-ar putea oferi vreo informație despre trecutul dumneavoastră. Eroare, domnule dragă. Trebuie să te temi de martorii ascunși. Trebuie să te temi de locurile unde ai trăit. Pentru că vorbesc. Văd că iar rîdeți. Da, castelul în care ați copilărit a ars acum șaizeci și cinci de ani. Ciudat incendiu, de altfel, și niciodată explicat.

— Cum de-ai aflat despre castel? întrebă obezul cu glas molcom, încleiat în caramel.

— A fost foarte ușor. Cercetări elementare prin registre, arhive - noi, jurnaliștii, sîntem favorizați în acest sens. După cum vedeți, domnule Tach, n-am așteptat să vină 10 ianuarie ca să mă interesez de dumneavoastră. De ani întregi vă studiez cazul.

— Cît ești de meticuloasă! Ce ți-ai zis? „Bătrînul n-o mai duce mult, să fim gata pentru ziua cînd o muri", nu-i așa?

— Nu mai vorbiți în timp ce mestecați carameaua aia, e dezgustător. Îmi reiau povestirea. Cercetările mele au fost lungi și pline de aventuri, însă nu și anevoioase. În final le-am dat de urmă ultimilor membri cunoscuți ai clanului Tach: în 1909 este semnalat decesul lui Casimir și Célestine Tach, înecați de maree la Mont-Saint-Michel, unde tînărul cuplu mersese într-o călătorie. Căsătoriți de doi ani de zile, ei lăsau în urma lor un copil în vîrstă de un an, iar eu vă las să ghiciți despre cine este vorba. Aflînd de moartea tragică a unicului lor fiu, părinții lui Casimir Tach mor și ei de inimă rea. Nu mai rămîne decît un singur Tach, micul Prétextat. De aici mi-a fost mai greu să vă urmăresc parcursul. Mi-a venit strălucita idee să caut numele de fată al mamei dumneavoastră și am aflat că, dacă tatăl se trăgea dintr-o familie obscură, Célestine, în schimb, se născuse marchiză de Planèze de Saint-Sulpice, ramură astăzi dispărută și care nu trebuie confundată cu conții și contesele de Planèze...

— Ai de gînd să trasezi istoria unei familii care nu-i a mea?

— Aveți dreptate, mă îndepărtez de subiect. Să ne întoarcem la Planèze de Saint-Sulpice: un neam deja foarte risipit în 1909, dar cu un număr copleșitor de generații. Aflînd de moartea fiicei lor, marchizul și marchiza hotărăsc să se ocupe ei de nepotul lor acum orfan, și astfel vă stabiliți în castelul Saint-Sulpice la vîrsta de un an. Aici vă răsfață nu numai doica și bunicii, dar și unchiul și mătușa, Cyprien și Cosima de Planèze, frate, respectiv cumnată cu mama dumneavoastră.

— Atîta-s de interesante amănuntele astea genealogice, că-ți taie și răsuflarea.

— Nu-i așa? Ce-o să mai ziceți de ceea ce urmează?

— Cum? Încă nu s-a isprăvit?

— Sigur că nu. N-ați împlinit nici doi ani, iar eu vreau să vă povestesc viața pînă la optsprezece ani.

— Promițător.

— Dacă ați fi povestit-o singur, n-ar mai fi trebuit să o fac eu.

— Și dacă n-aveam chef să vorbesc despre asta, hai?

— Însemna că aveați ceva de ascuns.

— Nu neapărat.

— E prea devreme ca să abordăm această problemă. Deocamdată sînteți un copilaș adorat de familie, în ciuda mezalianței pe care o făcuse mama dumneavoastră. Am văzut niște crochiuri ale castelului, astăzi dispărut: era o splendoare. Trebuie că ați avut o copilărie de vis!

— Gazeta dumitale e cumva *Point de vue. Images*?

— Aveți doi ani cînd unchiul și mătușa dumneavoastră aduc pe lume unicul lor copil, Léopoldine de Planèze de Saint-Sulpice.

— Cam greu de înghițit un nume ca ăsta, este? Știu că pe dumneata nu te-ar putea chema așa.

— Da, dar cel puțin eu sînt în viață.

— Ți-e și de mare folos!

— Să merg mai departe sau vreți să vă las cuvîntul? Probabil că memoria dumneavoastră s-a întors de acum la viață.

— Continuă, te rog. Mă distrez de minune.

— Cu atît mai bine, fiindcă povestea e departe de a se fi terminat. Așadar, vi se procură singurul lucru de care duceați lipsă: tovărășia cuiva de aceeași vîrstă. Nu veți cunoaște nicicînd zilele mohorîte ale copiilor singuri la părinți și fără prieteni; desigur, nu veți merge niciodată la școală și nici nu veți avea colegi de clasă, dar acum aveți ceva mult mai bun: o mică și adorabilă verișoară. Ajungeți de nedespărțit. E necesar să precizez documentul care mi-a furnizat acest gen de detalii?

— Imaginația dumitale, presupun.

— Parțial. Imaginația are nevoie însă de combustibil, domnule Tach, iar acest combustibil dumneavoastră vi-l datorez.

— Nu te mai întrerupe atîta și povestește-mi copilăria, că mi-au dat și lacrimile.

— N-aveți decît să vă bateți joc, scumpe domn. Veți avea și motive să vă dea lacrimile. V-ați bucurat de o copilărie nepermis de frumoasă. Aveați tot ce-și poate dori un om, ba chiar mai mult: un castel, un vast domeniu cu lacuri și păduri, cai, o situație materială nemaipomenită, o familie adoptivă care vă răsfăța, un preceptor prea puțin autoritar și adesea bolnav, servitori devotați, dar mai cu seamă o aveați pe Léopoldine.

— Spune drept: așa-i că nu ești jurnalistă? Cauți să te documentezi ca să scrii un roman siropos.

— Siropos? Mai vedem noi. Îmi reiau povestirea. Bineînțeles, în '914 începe războiul, însă copiii se obișnuiesc cu războaiele, mai ales puștii de bogătași. Din inima acelui paradis, conflictul vi se pare derizoriu și nu stăvilește în nici un fel cursul lent și îndelungat al fericirii dumneavoastră.

— Draga mea, ești o povestitoare fără pereche.

— Nu pot să vă întrec.

— Continuă.

— Anii se scurg neînchipuit de încet. Copilăria este o aventură atît de puțin rapidă! Ce-nseamnă un an pentru un adult? Pentru un puști, un an face cît un veac, iar pentru dumneavoastră aceste veacuri erau de aur și de argint. Avocații obișnuiesc să invoce drept circumstanță atenuantă o copilărie nefericită. Sondîndu-vă trecutul, mi-am dat seama că și o copilărie prea fericită poate servi drept circumstanță atenuantă.

— De ce încerci să-mi acorzi circumstanțe atenuante? N-am nici o nevoie de așa ceva.

— Rămîne de văzut. Nu vă despărțiți nici o clipă de Léopoldine. N-ați putea trăi unul fără celălalt.

— Văr-verișoară, povestea-i veche de cînd lumea.

— La un asemenea grad de intimitate, se mai poate vorbi oare de văr și verișoară?

— Frate și soră, dacă-ți place mai mult.

— Frate și soră incestuoși atunci.

— Te șochează? S-a văzut și la cele mai bune familii. Ai aici dovada.

— Cred că de-aici înainte trebuie să povestiți dumneavoastră.

— Nici nu mă gîndesc.

— Chiar vreți să continuu eu?

— Ți-aș rămîne îndatorat.

— Nu-mi doresc altceva decît să vă îndatorez, dar, dacă mi-aș continua istorisirea de la stadiul la care am ajuns, n-ar mai fi decît o palidă și mediocră parafrazare a celui mai insolit și mai puțin cunoscut dintre romanele dumneavoastră.

— Ador parafrazările palide și mediocre.

— Cu atît mai rău pentru dumneavoastră. Nu eu am vrut-o. Apropo, îmi dați dreptate?

— În legătură cu ce?

— Cu faptul că am clasificat acest roman printre operele dumneavoastră cu două, și nu cu trei personaje feminine.

— Îți dau deplină dreptate, scumpa mea.

— În acest caz, nu mă mai tem de nimic. Restul e literatură, nu-i așa?

— Restul nu e, într-adevăr, decît opera mea. Pe vremea aceea, n-aveam altă hîrtie decît propria-mi viață, nici altă cerneală decît sîngele meu.

— Sau al altora.

— Ea nu era o alta.

— Cine era, de fapt?

— N-am știut niciodată, dar nu încape îndoială că nu era o alta. Aștept în continuare parafraza dumitale, preascumpa mea.

— Aveți dreptate. Anii trec și se petrec bine, prea bine. Alături de Léopoldine, nu ați cunoscut niciodată și alt fel de viață, totuși sînteți conștienți de anormalitatea ei și de prea marele vostru noroc. În inima acelui Eden, începe să vă încerce ceea ce numiți „angoasa aleșilor", care are următorul conținut: „Cît timp va mai putea dura o asemenea perfecțiune?". Ca toate angoasele, și aceasta vă poartă euforia pe culmi, șubrezind-o totodată, din ce în ce mai periculos. Anii trec în continuare. Aveți paisprezece ani, verișoara dumneavoastră - doisprezece. Ați atins punctul culminant al copilăriei, ceea ce Tournier numește „deplina maturitate a copilăriei". Modelați de o viață de vis, sînteți și niște copii de vis. Nimeni nu v-a spus vreodată, dar știți în chip nelămurit că vă așteaptă o cumplită degradare, care se va instăpîni peste trupurile voastre ideale și peste umorile voastre nu mai puțin ideale pentru a vă preschimba în niște acneici chinuiți. Aici încep eu să vă bănuiesc că ați fi la originea proiectului demențial ce va urma.

— Bravo, deja încerci să o disculpi pe complicea mea.

— Nu văd de ce anume ar trebui să o disculp. Ideea era a dumneavoastră, nu?

— Da, dar nu era o idee criminală.

— Aprioric nu, însă devenea criminală prin consecințe și mai ales prin imposibilitatea punerii ei în practică ce trebuia să iasă la iveală mai devreme sau mai tîrziu.

— În acest caz, mai tîrziu.

— Să nu anticipăm. Aveți paisprezece ani, Léopoldine - doisprezece. Vă este întru totul devotată și puteți să-i băgați pe gît orice.

— Nu era orice.

— Nu, era mai rău. O convingeți că pubertatea e cel mai mare rău cu putință, dar că poate fi evitată.

— Și chiar poate.

— Mai credeți și acum?

— N-am încetat nici o clipă să cred.

— Prin urmare, totdeauna v-a lipsit o doagă.

— Din punctul meu de vedere, am fost totdeauna singurul întreg la minte.

— Evident. La paisprezece ani, sînteți deja atît de întreg la minte încît decideți în mod solemn că nu veți păși niciodată pragul adolescenței. Aveți o asemenea influență asupra verișoarei dumneavoastră, încît o determinați să facă același jurămînt.

— Nu-i așa că-i adorabil?

— Depinde. Pentru că în acest moment sînteți deja Prétextat Tach și vă însoțiți jurămîntul grandios cu dispoziții punitive la fel de grandioase în caz de sperjur. Mai precis, jurați și o puneți și pe Léopoldine să jure că, pur și simplu, dacă unul dintre voi își calcă făgăduința și devine puber, celălalt îl va omorî.

— La numai paisprezece ani, un suflet de titan!

— Presupun că mulți alți copii au plănuit și ei să nu părăsească niciodată copilăria, obținînd victorii mai mici sau mai mari, dar

întotdeauna vremelnice. Voi doi însă păreți să izbutiți. Ce-i drept, dați dovadă și de o hotărîre puțin obișnuită. Iar dumneavoastră, titanul întregii povești, născociți tot felul de măsuri pseudoștiințifice menite să vă facă trupurile improprii adolescenței.

— Nu chiar atît de pseudoștiințifice, de vreme ce erau eficiente.

— Rămîne de văzut. Mă întreb cum de ați supraviețuit după asemenea tratamente.

— Eram fericiți.

— Cu ce preț? De unde naiba scotea creierul dumneavoastră niște precepte atît de sucite? În sfîrșit, aveați scuza vîrstei de numai paisprezece ani.

— De-ar trebui s-o mai fac o dată, nu m-aș da îndărăt.

— Astăzi aveți scuza senilității.

— Ar însemna că am fost dintotdeauna senil sau pueril, pentru că dispozițiile mele psihice nu s-au schimbat niciodată.

— La dumneavoastră nu mă miră. În 1922, erați deja smintit. Ați creat *ex nihilo* ceea ce numeați o „igienă a veșnicei copilării" – în epocă, termenul acoperea toate domeniile sănătății mentale și fizice: igiena era o ideologie. Cea inventată de dumneavoastră ar merita mai degrabă numele de antiigienă, într-atît e de nesănătoasă.

— Ba dimpotrivă, e foarte sănătoasă.

— Convins că pubertatea lucrează în timpul somnului, decretați că nu trebuie să mai dormiți – oricum, nu mai mult de două ore pe zi. O viață fundamental acvatică vi se pare ideală pentru a ține copilăria în loc: de-acum înainte, împreună cu Léopoldine, petreceți zile și nopți întregi înotînd în lacurile domeniului, uneori chiar și iarna. Mîncați doar strictul necesar. Unele alimente sînt interzise, iar altele recomandate, în virtutea unor principii care îmi par a ține de cea mai pură fantezie: interziceți felurile de mîncare socotite prea „adulte“, precum rața cu portocale, supa de homar și alimentele de culoare neagră. În schimb, recomandați ciupercile nu otrăvitoare, dar socotite improprii consumului, precum gogoașele, cu care vă îndopați cînd le vine vremea. Ca să nu dormiți, vă procurați cutii întregi cu un ceai kenian mult prea tare, pentru că ați auzit-o pe bunica dumneavoastră zicînd numai rele despre el: îl preparați negru-catran și-l beți în cantități impresionante, identice cu cele pe care i le administrați lui Léopoldine.

— Care era întru totul de acord.

— Să spunem mai curînd că vă iubea.

— Și eu o iubeam.

— În felul dumneavoastră.

— Felul meu nu ți-e pe plac?

— Litotă.

— Ți se pare poate că ceilalți procedează mai elegant? Nu cunosc nimic mai josnic decît ceea ce înțeleg ei prin a iubi. Știi ce înțeleg ei prin asta? Să înrobească, să lase borțoasă și să urîțească o nenorocită: iată ce înțeleg ființele presupuse a fi de același sex cu mine prin a iubi.

— Acum faceți pe feministul? Rareori mi s-a întîmplat să vă consider mai puțin credibil.

— Pe cuvîntul meu, ești de o prostie vrednică de plîns. Ceea ce am spus se situează la antipozii feminismului.

— De ce n-ați încerca măcar o dată să fiți și dumneavoastră mai clar?

— Dar sînt cît se poate de clar! Dumneata nu vrei să admiți că modul meu de a iubi e cel mai frumos!

— Părerea mea n-are nici o importanță. În schimb, mi-ar plăcea să știu ce credea Léopoldine în acest sens.

— Mulțumită mie, Léopoldine a fost cea mai fericită.

— Cea mai fericită ce? Femeie? Nebună? Bolnavă? Victimă?

— Ești complet în afara problemei. Mulțumită mie, a fost cea mai fericită dintre copile.

— Dintre copile? La cincisprezece ani?

— Întocmai. La vîrsta la care fetele devin hidoase, coșuroase, șolduroase, puturoase, păroase, țîțoase, mintoase, țîfnoase, stupide – într-un cuvînt, femei –, la acea vîrstă sinistră deci, Léopoldine era copila cea mai frumoasă, cea mai fericită, cea mai analfabetă și mai savantă – era copila cea mai copilăroasă, și asta mulțumită numai mie. Mulțumită mie, cea pe care o iubeam a evitat calvarul de a deveni femeie. Te provoc să găsești o iubire mai frumoasă decît asta.

— Sînteți absolut sigur că verișoara dumneavoastră nu-și dorea să devină femeie?

— Cum ar fi putut să-și dorească așa ceva? Era mult prea inteligentă!

— Eu nu vă cer să-mi răspundeți prin supoziții. Vă cer să-mi spuneți dacă și-a dat sau nu acordul, dacă v-a spus sau nu răspicat: „Prétextat, prefer să mor decît să părăsesc copilăria“.

— Nu era nevoie să mi-o spună răspicat. Se înțelegea de la sine.

— Exact ce credeam și eu: nu și-a dat niciodată acordul.

— Încă o dată îți spun că era inutil. Știam ce voia.

— Și știați mai cu seamă ce voiați dumneavoastră.

— Și ea, și eu voiam același lucru.

— Firește.

— Ce încerci să insinuezi, mucoaso? Crezi poate că o cunoști pe Léopoldine mai bine decît o cunosc eu?

— Cu cît stăm mai mult de vorbă, cu atît cred mai mult.

— Mai bine să auzi asta decît să fii surdă. Am să-ți spun un lucru pe care sigur nu-l știi, femelă ce ești: nimeni – pricepi? –, nimeni nu cunoaște un individ mai bine decît asasinul lui.

— Am ajuns și la partea interesantă. Treceți la mărturisiri?

— La mărturisiri? Nu-s mărturisiri, fiindcă știai deja că eu am ucis-o.

— Închipuiți-vă că mai aveam o ultimă îndoială. Nu-i ușor să admiți că un laureat al Premiului Nobel e un asasin.

— Cum? Nu știai că tocmai asasinii au cele mai mari șanse să primească Nobelul? Uită-te la Kissinger, la Gorbaciov...

— Da, dar dumneavoastră ați primit Nobelul pentru Literatură.

— Tocmai! Cei care iau Nobelul pentru Pace sînt adeseori asasini, dar cei care-l iau pentru literatură sînt întotdeauna asasini.

— Cu dumneavoastră nu se poate discuta serios.

— În viața mea n-am fost mai serios.

— Maeterlinck, Tagore, Pirandello, Mauriac, Hemingway, Pasternak, Kawabata – niște asasini cu toții?

— Nu știai?

— Nu.

— Înseamnă că te-am învățat și eu cîte ceva.

— Se poate ști care vă sînt sursele de informații?

— Prétextat Tach n-are nevoie de surse de informații. Sursele de informații sînt bune pentru alții.

— Văd.

— Nu, nu vezi nimic. Te-ai aplecat asupra trecutului meu, mi-ai scotocit arhivele și ai fost uimită cînd ai dat peste un asasinat. Abia inversul ar fi fost uimitor. Dacă ți-ai fi dat osteneala să scotocești cu tot atîta minuțiozitate prin arhivele acestor laureați ai Premiului Nobel, nu încape îndoială că ai fi descoperit cohorte de asasinate. Altminteri, Nobelul nici nu le-ar fi fost acordat vreodată.

— L-ați acuzat pe jurnalistul dinaintea mea că ar fi inversat cauzalitățile. Dumneavoastră nu le inversați, ci le depășiți periculos.

— Te previn cu mărinimie că n-ai nici o șansă dacă încerci să mă înfrunți pe terenul logicii.

— Avînd în vedere ceea ce numiți dumneavoastră logică, nu mă îndoiesc. Însă nu pentru argumentări am venit eu aici.

— Atunci pentru ce ai venit?

— Ca să am certitudinea că dumneavoastră sînteți asasinul. Vă mulțumesc că mi-ați spulberat și ultima ezitare: v-ați lăsat dus de cacealmaua mea.

Obezul rîse lung, respingător.

— Cacealmaua ta! Excelent! Te crezi în stare să mă duci?

— Am toate motivele să mă cred în stare, de vreme ce am și făcut-o.

— Sărmană prostuță înfumurată. Află că a duce pe cineva înseamnă să smulgi ceva. Pe cînd tu n-ai smuls nimic de la mine, fiindcă ți-am spus adevărul din capul locului. De ce-aș ascunde că-s un asasin? N-am de ce să mă tem de justiție, am să mor în mai puțin de două luni.

— Dar reputația dumneavoastră postumă?

— Va fi cu atît mai grandioasă. Parcă văd deja vitrinele librăriilor: „Prétextat Tach, asasinul laureat al Premiului Nobel". Cărțuliile mele au să se vîndă ca pîinea caldă. Iar editorii mei or să-și frece mîinile. Crede-mă, asasinatul ăsta e o afacere excelentă pentru toată lumea.

— Chiar și pentru Léopoldine?

— Mai ales pentru Léopoldine.

— Să ne întoarcem în 1922.

— De ce nu în 1925?

— Sînteți un pic prea expeditiv. Nu trebuie să sărim peste acești trei ani capitali.

— E-adevărat, sînt capitali, deci imposibil de povestit.

— Și totuși, i-ați povestit.

— Nu, i-am scris.

— Să nu ne jucăm cu cuvintele, de acord?

— Tocmai unui scriitor îi spui asta?

— Nu cu scriitorul vorbesc acum, ci cu asasinul.

— Sînt una și aceeași persoană.

— Sînteți sigur?

— Scriitor, asasin: două aspecte ale aceleiași meserii, două conjugări ale aceluiași verb.

— Care verb?

— Cel mai rar și cel mai dificil: verbul a iubi. Nu-i amuzant că gramaticile noastre școlare au ales drept paradigmă verbul cu sensul cel mai de nepătruns? Dac-aș fi învățător, aș înlocui verbul ăsta ezoteric cu altul mai accesibil.

— A ucide?

— Nici a ucide nu-i ușor. Nu, un verb trivial și comun precum a vota, a naște, a intervieva, a munci...

— Slavă Domnului, nu sînteți învățător. Știți că e nemaipomenit de greu să vă facă cineva să răspundeți la o întrebare? Aveți talentul de a vă eschiva, de a schimba subiectul, de a o lua cînd încolo, cînd încoace. Încontinuu trebuie să fiți chemat la ordine.

— Și mă felicit pentru asta.

— Acum nu veți mai scăpa însă: 1922-1925, vă dau cuvîntul.

Tăcere apăsătoare.

— Vrei o caramea?

— Domnule Tach, de ce vă temeți de mine?

— Nu mă tem de dumneata. Cu toată sinceritatea, nu văd ce ți-aș putea spune. Eram pe deplin fericiți, iar iubirea noastră era divină. Ce ți-aș mai putea povesti în afară de nerozii de genul ăsta?

— Am să vă dau o mînă de ajutor.

— Mă aștept la ce-i mai rău.

— Acum douăzeci și patru de ani, urmare a menopauzei dumneavoastră literare, ați lăsat un roman neîncheiat. De ce?

— I-am zis de ce unuia dintre confrații dumitale. Orice scriitor care se respectă trebuie să lase cel puțin un roman neîncheiat, altminteri nu-i credibil.

— Știți mulți scriitori care publică romane neîncheiate încă din timpul vieții?

— Nu știu nici unul. Se pare că-s mai șmecher decît ceilalți: primesc încă din timpul vieții onoruri de care scriitorii obișnuiți nu se bucură decît cu titlu postum. Cînd vine de la un scriitor aflat la vîrsta uceniciei, un roman neîncheiat e văzut ca un semn de stîngăcie, de tinerețe încă prea puțin strunită; cînd vine însă de la un mare scriitor recunoscut, un roman neîncheiat e tot ce poate fi mai șic. Dă impresie de „zbor frînt al geniului", de „criză de angoasă a titanului", „uimire în fața indicibilului", de „viziune mallarmeană a cărții ce va să vină" - într-un cuvînt, e o chestie profitabilă.

— Domnule Tach, cred că n-ați înțeles bine întrebarea mea. Nu v-am întrebat de ce ați lăsat *un* roman neîncheiat, ci de ce ați lăsat *acest* roman neîncheiat.

— Ei bine, pe cînd îl scriam, mi-am dat seama că nu născusem încă romanul neîncheiat necesar celebrității mele, mi-am plecat privirea asupra manuscrisului și mi-am zis în sinea mea: „de ce nu ăsta?". Am pus stiloul jos și n-am mai adăugat un rînd.

— Să nu sperați că vă cred.

— De ce nu?

— Ați zis: „Am pus stiloul jos și n-am mai adăugat un rînd". Ați fi făcut mai bine dacă ați fi zis: „Am pus stiloul jos și niciodată n-am mai scris vreun rînd". Nu e oare surprinzător că, după acest faimos roman neîncheiat, n-ați mai vrut să scrieți niciodată, dumneavoastră, care ați scris zi de zi vreme de treizeci și șase de ani?

— Trebuia să mă opresc și eu într-o bună zi.

— Da, dar de ce tocmai în ziua aceea?

— Nu căuta sensuri ascunse pentru un fenomen atît de banal precum îmbătrînirea. Aveam cincizeci și nouă de ani, am ieșit la pensie. Ce vrei mai normal de-atît?

— Brusc, n-ați mai scris nici un rînd: să fi fost lovit așa, într-o zi, de bătrînețe?

— De ce nu? Nu îmbătrînești în fiecare zi. Poți trăi zece-douăzeci de ani fără să îmbătrînești și apoi, fără vreun motiv anume, să simți că au trecut în numai două ore. Ai să vezi că o să ți se întîmple și ție. Într-o seară, ai să te uiți în oglindă și ai să-ți zici: „Doamne, am îmbătrînit cu zece ani de azi dimineață!".

— Chiar așa, fără nici un motiv anume?

— Fără alt motiv decît timpul care duce totul la ruină.

— Multe se pun pe seama timpului, domnule Tach. Dumneavoastră i-ați dat o prețioasă mînă de ajutor - chiar două, aș zice eu.

— Mîna, sediul plăcerii scriitorului.

— Mîinile, sediul plăcerii sugrumătorului.

— Ce-i drept, sugrumarea e un lucru foarte plăcut.

— Pentru sugrumător sau pentru sugrumat?

— Vai, n-am cunoscut decît una dintre cele două situații!

— Nu disperați.

— Ce vrei să spui?

— Habar n-am. Mă scoateți din minți cu diversiunile dumneavoastră. Vorbiți-mi despre cartea asta, domnule Tach.

— Nici să nu te gîndești, domnișoară, dumneata trebuie s-o faci.

— Din tot ce ați scris, este cea pe care o prefer.

— De ce? Pentru că apar în ea un castel, nobili și o poveste de dragoste? Ești cu adevărat o femeie.

— Ce-i drept, îmi plac poveștile de dragoste. Mi se întîmplă adesea să gîndesc că, în afară de dragoste, nu există nimic interesant.

— Cerule!

— Puteți face oricîte ironii, dar nu veți putea nega că dumneavoastră ați scris cartea și că este vorba despre o poveste de dragoste.

— Dacă zici dumneata.

— De altfel, e singura poveste de dragoste pe care ați scris-o vreodată.

— M-ai liniștit.

— Vă pun din nou aceeași întrebare, dragă domnule: de ce ați lăsat acest roman neîncheiat?

— Poate că eram în pană de imaginație.

— Imaginație? Nu aveați nevoie de imaginație pentru a-l scrie, întrucît povesteați niște fapte reale.

— Ce știi dumneata? Nu erai de față ca să verifici.

— Dumneavoastră ați omorît-o pe Léopoldine, nu?

— Așa-i, dar asta nu dovedește că și restul ar fi adevărat. Restul e literatură, domnișoară.

— Ei bine, eu cred că totul e adevărat în cărțulia asta.

— Dacă-ți face dumitale plăcere.

— Dincolo de plăcere, am motive întemeiate să cred că e un roman strict autobiografic.

— Motive întemeiate? Explică-mi, să rîdem puțin.

— Arhivele au confirmat deja existența castelului, pe care îl descrieți întocmai. Personajele au aceleași nume ca în realitate – în afară de dumneavoastră, bineînțeles, dar Philémon Tractatus este un pseudonim transparent, cum dovedesc și inițialele. În sfîrșit, arhivele atestă moartea lui Léopoldine în 1925.

— Arhive, registre: asta numești dumneata realitate?

— Nu, însă de vreme ce ați respectat această realitate oficială, sînt absolut îndreptățită să presupun că ați respectat și realități mai ascunse.

— Argument slab.

— Mai am și altele: stilul, de exemplu. Un stil mult, mult mai puțin abstract decît cel al romanelor precedente.

— Argument și mai slab. Impresionismul ce-ți ține loc de simț critic n-ar putea avea valoare de dovadă, mai cu seamă în materie de stilistică: iloții de teapa dumitale o iau cel mai tare pe arătură atunci cînd vine vorba de stilul unui scriitor.

— În fine, am încă un argument cu atît mai zdrobitor cu cît nu e un argument.

— Ce tot bîigui acolo?

— Nu e un argument, ci o fotografie.

— O fotografie? Cu ce?

— Știți de ce nimeni n-a bănuit vreodată că acest roman ar fi o autobiografie? Deoarece personajul principal, Philémon Tractatus, era un băiat superb, zvelt, cu trăsături splendide. N-ați mințit întru totul cînd le-ați spus confraților mei că sînteți urît și obez încă de la optsprezece ani. Să spunem că ați mințit prin omisiune, căci pînă atunci ați fost de o frumusețe răpitoare.

— Ce știi dumneata despre asta?

— Am descoperit o fotografie.

— Cu neputință. N-am fost fotografiat niciodată înainte de 1948.

— Regret că vă prind memoria pe picior greșit. Am găsit o fotografie pe spatele căreia e scris cu creionul: „Saint-Sulpice - 1925".

— Arată-mi-o.

— Am să v-o arăt cînd am să fiu sigură că nu veți încerca s-o distrugeți.

— Înțeleg. Umbli cu cacealmale.

— Nu umblu cu cacealmale. Am fost în pelerinaj la Saint-Sulpice. Cu părere de rău vă anunț că pe locul fostului castel, din care n-a mai rămas nici piatră pe piatră, s-a construit o cooperativă agricolă. Cele mai multe dintre lacurile de pe domeniu au fost secate, iar valea a fost transformată în rampă de depozitare a gunoaielor. Regret, dar nu-mi inspirați nici o milă. I-am chestionat pe toți bătrînii întîlniți pe teren. Oamenii își mai amintesc de castel și de marchizii de Planèze de Saint-Sulpice. Îmi aduc aminte chiar și de micul orfan adoptat de bunicii săi.

— Mă întreb cum și-ar putea aminti de mine plebeii aceia, n-am avut niciodată contacte cu ei.

— Există tot felul de contacte. Poate că nu vi se vorbea niciodată despre ei, însă ei vă vedeau.

— Imposibil. Nu călcam niciodată în afara domeniului.

— În schimb, existau prieteni care veneau în vizită la bunicii, mătușa și unchiul dumneavoastră.

— Niciodată nu făceau fotografii.

— Greșit. Să ne înțelegem, nu știu în ce condiții a fost făcută fotografia, și nici de către cine - explicațiile mele erau simple ipoteze -, fapt este că ea există. Iar dumneavoastră apăreți în fața castelului, alături de Léopoldine.

— Alături de Léopoldine?

— O încîntătoare copilă cu plete întunecate, altcineva nu poate fi.

— Arată-mi fotografia.

— Ce vreți să faceți cu ea?

— Arată-mi fotografia, îți zic.

— Mi-a procurat-o o femeie foarte în vîrstă din sat. Nu știu cum a ajuns în mîinile ei. N-are importanță: identitatea celor doi copii e dincolo de orice bănuială. Da, copii, chiar și dumneavoastră care, la șaptesprezece ani, nu vădiți nici unul dintre semnele adolescenței. E ceva tare curios: amîndoi sînteți peste măsură de înalți, slabi, palizi, dar chipurile și trupurile voastre prelungi sînt absolut copilărești. De altfel, nici nu păreți normali: ai zice că ai în fața ochilor doi uriași de doisprezece ani. Totuși, rezultatul e superb: cu trăsăturile voastre delicate, cu ochii naivi, fețele prea mici în comparație cu craniul, cu busturi ca de copii, picioare firave și interminabile, sînteți demni de penelul unui pictor. Mai-mai să crezi că acele fantasmagorice precepte de igienă erau eficiente și că gogoașele chiar sînt un secret al frumuseții. Însă cea mai mare surpriză sînteți dumneavoastră înșivă. De nerecunoscut!

— Dacă-s așa de nerecunoscut, cum poți ști că sînt eu?

— Nu văd cine altul ar putea fi. Și apoi ați rămas cu aceeași piele albă, netedă, imberbă – e chiar singurul lucru care v-a mai rămas. Erați atît de frumos, aveați membrele atît de delicate și o conformație atît de asexuată – cred că îngerii nu-s cu mult altfel.

— Scutește-mă de habotniciile dumitale, vrei? Și, în loc să-mi torni tot ce-ți trece prin cap, mai bine arată-mi fotografia aia.

— Cum de-ați putut să vă schimbați într-atît? Spuneați că la optsprezece ani erați deja la fel ca acum și accept să vă cred, dar, dacă așa stau lucrurile, sînt cu atît mai uluită: cum ați putut, în mai puțin de un an, să vă schimbați înfățișarea serafică în buhăiala monstruoasă pe care o am în fața ochilor? Fiindcă nu numai că v-ați triplat greutatea, dar chipul acela delicat a devenit bovin, trăsăturile lui rafinate s-au îngroșat pînă ce au ajuns să afișeze toate semnele vulgarității...

— Mai ai mult să mă insulţi sau ai terminat?

— Ştiţi foarte bine că sînteţi urît. De altfel, dumneavoastră înşivă nu mai conteniţi să vă etichetaţi cu adjective dintre cele mai ignobile.

— Mi le servesc singur cu destulă vervă, dar nu-i permit altuia să mi le servească. Priceput?

— N-am nevoie de permisiunea dumneavoastră. Sînteţi înspăimîntător, poftim, şi e incredibil ca un om să fie atît de înspăimîntător cînd a fost atît de frumos.

— Nu-i deloc incredibil şi se întîmplă necontenit. Doar că, de regulă, mai puţin rapid.

— Gata, aţi trecut din nou la mărturisiri.

— Ce spui?

— Ce-aţi auzit. Spunîndu-mi asta, recunoaşteţi implicit veridicitatea afirmaţiilor mele. La şaptesprezece ani eraţi întocmai cum vă descriam eu – şi cum, din păcate, nici o fotografie nu v-a imortalizat vreodată.

— Ştiam. Dar cum de-ai reuşit să mă descrii atît de bine?

— M-am mulţumit să parafrazez descrierile pe care i le faceţi lui Philémon Tractatus în romanul dumneavoastră. Voiam să verific dacă eraţi chiar aşa cum v-aţi zugrăvit personajul: ca să aflu, întrucît aţi refuzat să răspundeţi la întrebările mele, nu aveam la îndemînă alt procedeu decît cacealmaua.

— Eşti o mică ticăloasă care scormoneşte în rahat.

— Scormonitul în rahat dă rezultate: acum ştiu cu certitudine că romanul este strict autobiografic. Am toate motivele să mă mîndresc, deoarece dispuneam de aceleași elemente ca oricare altul. Iar eu am fost singura care a mirosit adevărul.

— Bravo, umflă-te în pene.

— Închipuiți-vă deci că am să vă pun din nou cea dintîi dintre întrebările mele: de ce *Igiena asasinului* este un roman neîncheiat?

— Iată și titlul lipsă de mai adineauri!

— N-are rost să faceți pe miratul, nu vă slăbesc pînă nu-mi răspundeți: de ce acest roman este neîncheiat?

— Întrebarea ar putea fi pusă și mai metafizic: de ce această neîncheiere este un roman?

— Metafizica dumneavoastră nu mă interesează. Răspundeți-mi la întrebare: de ce acest roman este neîncheiat?

— Paștele și grijania, mă scoți din papuci! De ce n-ar avea dreptul să rămînă neîncheiat?

— Dreptul n-are nici în clin, nici în mînecă cu povestea noastră. Ați scris despre fapte reale, cu un sfîrșit real: ca atare, de ce n-ați mai încheiat romanul? După uciderea lui Léopoldine, vă opriți în gol. Era chiar așa de greu să încheiați povestea, să-i dați un sfîrșit după toate regulile cuvenite?

— Greu?! Prostuță înfumurată, află că pentru Prétextat Tach nimic nu-i greu de scris.

— Tocmai. Acest non-final în coadă de pește este așadar cu atît mai absurd.

— Cine ești dumneata ca să determini gradul de absurditate al deciziilor mele?

— Nu determin nimic. Mă întreb și eu.

Bătrînul păru să se preschimbe dintr-o dată într-un moșneag de optzeci și trei de ani.

— Nu ești singura. Și eu mă întreb, dar nu găsesc răspuns. Aș fi putut să aleg zeci de încheieri pentru cărțulia asta: fie crima însăși, fie noaptea ce i-a urmat, fie metamorfoza mea fizică ori incendiul de la castel, un an mai tîrziu...

— Incendiu care este opera dumneavoastră, nu-i așa?

— Bineînțeles. Saint-Sulpice devenise de nesuportat fără Léopoldine. În plus, suspiciunea familială al cărei obiect eram începea să mă enerveze. Am hotărît deci să mă debarasez de castel și de ocupanții lui. N-aș fi crezut că or să ardă atît de bine.

— Evident, respectul pentru viață nu vă dă afară din casă, dar n-ați ați avut de luptat cu nici un scrupul înainte de a da foc unui castel din secolul al XVII-lea?

— Scrupulele n-au fost niciodată partea mea cea mai tare.

— Da. Să revenim la sfîrșitul nostru sau, mai curînd, la absența lui. Așadar, pretindeți că nu cunoașteți motivul acestei neîncheieri?

— De data asta poți să mă crezi. Da, aveam de ales între o mulțime de finaluri elegante, însă niciodată n-am găsit vreunul care să-mi pară potrivit. Nu știu: era de parcă aș fi așteptat altceva, ceva ce aștept de douăzeci și patru de ani – sau de șaizeci și șase de ani, dacă preferi.

— Ce altceva? Ca Léopoldine să învie din morți?

— Dacă aș fi știut, nu m-aș fi oprit din scris.

— Așadar aveam dreptate cînd legam neîncheierea acestui roman de faimoasa dumneavoastră menopauză literară.

— Bineînțeles că aveai dreptate. E aici vreun motiv să te umfli în pene? Să ai dreptate, atunci cînd ești jurnalist, nu-ți cere decît nițică îndemînare. Să ai dreptate, cînd ești scriitor, e cu neputință. Meseria dumitale e dezgustător de ușoară. A mea, în schimb, e primejdioasă.

— Iar dumneavoastră faceți astfel încît să fie și mai primejdioasă.

— La ce trimite acest straniu compliment?

— Nu știu dacă este un compliment. Nu știu dacă felul în care vă expuneți trebuie să mi se pară admirabil sau necugetat. Îmi puteți explica ce v-a apucat în ziua în care ați hotărît să relatați în mod fidel povestea care nu numai că vă era cea mai scumpă, dar prezenta și cele mai multe riscuri de a vă tîrî prin tribunale? Ce perversiune obscură v-a putut împinge să furnizați omenirii, într-un stil mai desăvîrșit ca niciodată, un act de autoacuzare de o transparență atît de flagrantă?

— Omenirii i se fîlfîie! Ca dovadă: sînt douăzeci și patru de ani de cînd romanul ăsta putrezește prin biblioteci și nu s-a găsit niciodată nimeni, mă înțelegi, nimeni care să-mi vorbească măcar despre el. Și e absolut normal, de vreme ce, așa cum îți spuneam, nimeni nu l-a citit.

— Dar eu?

— Cantitate neglijabilă.

— Ce dovadă aveți că nu mai există și alte cantități neglijabile de același gen ca și mine?

— O dovadă uluitoare: dacă și alții în afară de dumneata m-ar fi citit – și zic bine citit, în sensul carnivor al termenului –, de mult aș fi fost închis. Mi-ai pus o întrebare foarte interesantă, însă mă mir că răspunsul nu ți-a sărit în ochi. Iată deci un asasin care se fofilează de patruzeci și doi de ani. Crimele lui n-au fost cunoscute niciodată, iar el a devenit un scriitor celebru. Departe de a se împăca cu o situație atît de confortabilă, uite că bolnavul ăsta se lansează într-un pariu absurd, pentru că are totul de pierdut și nimic de cîștigat – nimic cu excepția unei demonstrații cît se poate de comice.

— Dați-mi voie să ghicesc: vrea să demonstreze că nu-l citește nimeni.

— Mai mult: vrea să demonstreze că pînă și foarte puținele persoane care-l citesc – există și asemenea oameni – l-au citit fără să-l citească.

— Chestia nu e deloc clară.

— Ba da. Știi, există întotdeauna o mînă de tipi fără ocupație, de vegetarieni, critici novici, studenți masochiști sau pur și simplu de curioși care merg chiar pînă la a citi cărțile pe care le cumpără. Pe oamenii ăștia voiam eu să-i încerc. Voiam să dovedesc că pot scrie cele mai cumplite orori despre mine însumi: acest act de autoacuzare, cum bine spuneai, este riguros autentic. Da, domnișoară, ai avut dreptate de la început pînă la sfîrșit: în cartea asta, nici un detaliu nu este inventat. Firește că s-ar putea găsi destule scuze pentru cititori: nimeni nu știe nimic despre copilăria mea, nu e prima carte îngrozitoare pe care o scriu, cum să-și imagineze cineva că aș fi fost de o frumusețe dumnezeiască etc. Eu unul însă afirm că scuzele astea nu țin. Știi ce critică am citit cu douăzeci și patru de ani în urmă referitor la *Igiena asasinului*? „Un basm bogat în simboluri, o metaforă onirică a păcatului originar și, în consecință, a condiției umane." Cînd îți spuneam că oamenii mă citesc fără să mă citească! Îmi pot permite să scriu adevărurile cele mai riscante, nu vor vedea în ele decît niște metafore. Nu-i deloc de mirare: pseudocititorul, blindat în costumul lui de scafandru, trece în deplină impermeabilitate prin frazele mele cele mai sîngeroase. Din cînd în cînd exclamă, încîntat: „Ce simbol drăguț!". E ceea ce se numește lectura curată. O invenție grozavă, foarte agreabilă cînd o practici în pat, înainte să adormi; te calmează și nici măcar nu pătează așternutul.

— Ce-ați fi preferat? Să vă citească într-un abator sau la Bagdad, în timpul vreunui bombardament?

— Nu, găgăuță. Nu e vorba de spațiul unde are loc lectura, ci de lectura însăși. Aș fi vrut ca oamenii să mă citească fără combinezon de scafandru, fără grilă de lectură, fără vaccin și, la drept vorbind, fără adverb.

— Ar trebui să știți că o asemenea lectură nu există.

— La început nu știam asta, dar acum, în lumina strălucitei mele demonstrații, crede-mă că știu.

— Și? Nu-i un motiv de bucurie că există tot atîtea lecturi cîți cititori?

— Nu m-ai înțeles: nu există cititori și nici lecturi.

— Ba da, există lecturi diferite de a dumneavoastră, asta-i tot. De ce a dumneavoastră ar fi singura admisibilă?

— Bine, bine, nu-mi mai recita manualul dumitale de sociologie. De altfel, mi-ar plăcea să știu ce-ar găsi manualul de spus despre situația edificatoare pe care am prilejuit-o: un scriitor asasin se dă singur în vileag și nici un cititor nu e destul de isteț ca să se prindă.

— Mă doare-n cot de opiniile sociologilor; în ce mă privește, cred că cititorul nu-i un polițai și că, dacă nimeni nu v-a căutat pricină după apariția acestei cărți, e semn bun: înseamnă că Fouquier-Tinville nu mai e la modă, că oamenii au mintea deschisă și sînt în stare de o lectură civilizată.

— Mda, înțeleg: ești coruptă ca și ceilalți. Am fost stupid crezînd că ești altfel decît marea masă.

— Din păcate, trebuie să credeți că și sînt puțintel, de vreme ce, dintre toți cei de teapa mea, numai eu am mirosit adevărul.

— Să admitem că nu-ți lipsește mirosul. Asta-i tot. Vezi, mă dezamăgești.

— E aproape un compliment. Să înțeleg că, în numai cîteva clipe, am putut să vă inspir o părere mai bună?

— Ai să rîzi: da. Nu te sustragi platitudinilor omenești, în schimb ai o calitate rarisimă.

— Ard de nerăbdare să o cunosc.

— Cred că e o calitate înnăscută și constat cu ușurare că stupidele dumitale ucenicii n-au reușit să o altereze.

— Și care este această calitate?

— Cel puțin dumneata știi să citești.

Tăcere.

— Cîți ani ai, domnișoară?

— Treizeci.

— De două ori cît avea Léopoldine cînd a murit. Mititica de tine, uite-ți și circumstanța atenuantă: ai trăit mult prea mult.

— Cum? Adică eu am nevoie de circumstanțe atenuante? S-a întors lumea cu fundu-n sus.

— Pricepe că încerc să găsesc o explicație: am în fața mea o persoană ascuțită la minte și înzestrată cu harul rar al lecturii. Așa încît mă întreb ce a putut vicia niște aptitudini atît de frumoase. Mi-ai oferit răspunsul adineauri: timpul. Treizeci de ani înseamnă mult prea mult.

— Dumneavoastră, la vîrsta pe care o aveți, îmi spuneți asta?

— Am murit la șaptesprezece ani, domnișoară. Și apoi, la bărbați nu-i același lucru.

— Am ajuns și aici.

— N-are rost să iei un aer sarcastic, mititico, știi bine că e adevărat.

— Ce anume e adevărat? Vreau să aud clar, din gura dumneavoastră.

— Cu atît mai rău pentru dumneata. Ei bine, iată, bărbații au dreptul la toate răgazurile. Femeile, nu. În această ultimă chestiune, sînt mai precis și mai onest decît ceilalți: majoritatea masculilor le acordă femelelor un răgaz mai mult sau mai puțin îndelungat înainte de a le da uitării, ceea ce reprezintă o lașitate cu mult mai mare decît a le ucide. Un asemenea răgaz mi se pare absurd și chiar incorect față de femele: din cauza amînării, își vor închipui că cineva are nevoie de ele. Adevărul e că, din clipa în care au ieșit din copilărie, din clipa în care au devenit femei, ar trebui să moară. Dacă bărbații ar fi niște gentlemani, le-ar ucide încă din ziua primei menstruații. Dar bărbații n-au fost niciodată galanți și preferă să le lase pe aceste nefericite să se tîrască din suferință în suferință în loc să aibă finețea de a le elimina. Nu cunosc decît un singur mascul care a avut destulă măreție, respect, dragoste, sinceritate și politețe ca să o facă.

— Dumneavoastră.

— Exact.

Jurnalista își lăsă capul pe spate. Rîsul porni, rar, răgușit. Încet-încet se acceleră, escaladînd octavele pe măsură ce ritmurile se schimbau, pînă ce se prefăcu în tuse violentă, neîntreruptă, sufocantă. Era rîsul nebunesc ajuns la stadiul clinic.

— Îți vine să rîzi?

— ...

Ilaritatea nu-i dădea voie să vorbească.

— Rîsul nebunesc: iată încă o maladie feminină. N-am văzut niciodată vreun bărbat care să se zvîrcolească așa cum fac femeile în astfel de cazuri. De la uter trebuie să li se tragă: toate mizeriile vieții se trag de la uter. Fetițele n-au uter, cred, ori, dacă au, e o jucărie, o parodie de uter. De îndată ce falsul uter devine unul adevărat, fetițele trebuie ucise pentru a fi scutite de genul de isterie înspăimîntătoare și dureroasă căreia îi ești victimă chiar acum.

— Ah!

Acest „Ah“ era strigătul unui pîntec epuizat, zguduit încă de spasme morbide.

— Biata mititică. Lumea a fost rea cu tine. Cine-i ticălosul care nu te-a ucis la pubertate? Dar poate că pe atunci nu aveai un prieten în adevăratul sens al cuvîntului. Vai, mi-e teamă că numai Léopoldine a avut noroc.

— Opriți-vă, nu mai pot.

— Îți înțeleg reacția. Descoperirea tîrzie a adevărului, conștientizarea bruscă a umilirii trebuie să fi fost un șoc cumplit. Uterul dumitale are ceva de lucru ca să încaseze o asemenea lovitură! Micuță femelă, sărmană creatură cruțată cu lașitate de masculi! Crede-mă că te compătimesc.

— Domnule Tach, sînteți individul cel mai năucitor și mai comic pe care mi-a fost dat să-l întîlnesc.

— Comic? Nu pricep.

— Vă admir. Faptul că ați putut născoci o teorie pe cît de smintită, pe atît de coerentă este ceva formidabil. Am crezut la început că o să-mi îndrugați niște banale inepții machiste. V-am subestimat. Explicația dumneavoastră este în același timp monstruoasă și subtilă: femeile trebuie pur și simplu eliminate, nu-i așa?

— Firește. Dacă femeile n-ar exista, lucrurile ar merge în sfîrșit în interesul lor.

— E o soluție atît de ingenioasă! Cum de nu i-a mai trecut nimănui prin minte pînă acum?

— După părerea mea, le-a mai trecut și altora prin minte, dar nimeni pînă la mine n-a avut curajul să pună proiectul în aplicare. Căci, la urma urmelor, ideea e la îndemîna oricui. Feminismul și antifeminismul sînt plăgi ale neamului omenesc; evident, remediul este simplu: femeile trebuie suprimate.

— Domnule Tach, sînteți genial. Vă admir și sînt încîntată că v-am întîlnit.

— Am să te uimesc: și eu sînt încîntat că te-am întîlnit.

— Nu puteți vorbi serios.

— Dimpotrivă. În primul rînd, mă admiri pentru ceea ce sînt, iar nu pentru ceea ce îți imaginezi că aș fi: e un punct în plus pentru dumneata. Apoi, știu că am să-ți pot face un mare serviciu, ceea ce mă umple de încîntare.

— Ce serviciu?

— Cum ce serviciu? Știi deja.

— Să înțeleg că aveți de gînd să mă suprimați și pe mine?

— Încep să cred că ești demnă de asta.

— Este un mare elogiu, domnule Tach, și vă rog să mă credeți că sînt mișcată, dar...

— Într-adevăr, văd că te-ai înroșit toată.

— Dar nu vă dați atîta osteneală.

— De ce? Cred că meriți. Ești mult mai de calitate decît credeam la început. Îmi doresc sincer să te ajut să mori.

— Sînt impresionată, dar lăsați; n-aș vrea să aveți necazuri din cauza mea.

— Asta-i bună, drăguță, nu risc nimic: nu mai am de trăit decît o lună și jumătate.

— N-aș vrea ca reputația dumneavoastră postumă să fie pătată din vina mea.

— Pătată? De ce-ar fi pătată de așa o faptă bună? Dimpotrivă! Oamenii vor spune: „Cu mai puțin de două luni înainte de moarte, Prétextat Tach încă făcea binele". Voi fi o pildă pentru omenire.

— Domnule Tach, omenirea nu va înțelege.

— Vai, mi-e teamă că iarăși te înșeli. Dar prea puțin contează omenirea și propria-mi reputație. Află, domnișoară, că te prețuiesc pînă acolo încît doresc, numai și numai pentru dumneata, să împlinesc o faptă bună și dezinteresată.

— Cred că mă prețuiți prea mult.

— Eu nu cred.

— Deschideți ochii, domnule Tach, n-ați spus dumneavoastră că sînt slută, nătăfleață, coruptă, ca să nu mai pomenesc de altele? Iar simplul fapt că sînt femeie nu e oare de-ajuns ca să mă discrediteze?

— Teoretic, tot ce-ai spus e corect. Se întîmplă însă ceva straniu, domnișoară: teoria nu mai e de-ajuns. Trăiesc acum o altă dimensiune a problemei și simt niște emoții delicioase, cum n-am mai încercat de șaizeci și șase de ani.

— Deschideți ochii, domnule Tach. Eu nu sînt Léopoldine.

— Nu. Și totuși, nu ești foarte departe de ea.

— Léopoldine era ca ruptă din soare, iar pe mine mă socotiți urîtă.

— Nu mai e întru totul adevărat. Urîțenia dumitale nu-i lipsită de frumusețe. În anumite momente ești frumoasă.

— În anumite momente.

— Sînt multe astfel de momente, domnișoară.

— Mă considerați stupidă, n-aveți cum să mă prețuiți.

— De ce te înverșunezi atîta să te discreditezi?

— Dintr-un motiv foarte simplu: nu țin să sfîrșesc asasinată de un laureat al Premiului Nobel pentru Literatură.

Obezul păru brusc să se răcească.

— Ai prefera, poate, un laureat al Premiului Nobel pentru Chimie? întrebă el cu o voce glacială.

— Foarte comic. Vedeți dumneavoastră, nu țin să sfîrșesc asasinată indiferent dacă e vorba de un laureat al Nobelului sau de un băcan.

— Să înțeleg că vrei să-ți pui singură capăt zilelor?

— Dacă aș fi avut dorințe de sinucidere, le-aș fi dat curs de multă vreme, domnule Tach.

— Bravo. Crezi că-i așa de simplu?

— Nu cred nimic și nu mă interesează. Închipuiți-vă că nu-mi doresc cîtuși de puțin să mor.

— Nu vorbești serios.

— E oare atît de aberant să vrei să trăiești?

— Nimic nu-i mai lăudabil decît să vrei să trăiești. Dar tu nu trăiești, sărmană prostuță înfumurată! Și nici n-ai să trăiești vreodată! Nu știi că fetele mor în prima zi de pubertate? Mai rău, mor fără să dispară. Părăsesc viața nu pentru a ajunge pe frumoasele limanuri ale morții, ci pentru a începe istovitoarea și ridicola conjugare a unui verb trivial și scîrnav; îl vor conjuga necontenit la toate modurile și timpurile, îl vor descompune și supracompune, nu vor afla nicicînd scăpare.

— Și care este acel verb?

— Ceva de genul a reproduce, în sensul cu adevărat murdar al termenului, a ovula, dacă preferi. Nu e nici moarte, nici viață, și nici vreo stare intermediară. Și nu se cheamă altfel decît a fi femeie. Probabil că vocabularul, cu reaua lui credință obișnuită, a vrut să evite să numească o asemenea abjecție.

— Cu ce drept pretindeți că ați ști ce înseamnă viața unei femei?

— Neviața unei femei.

— Viață sau neviață, nu știți nimic despre ea.

— Află, domnișoară, că marii scriitori au un acces direct și supranatural la viața celorlalți. N-au nevoie să facă levitație și nici să scotocească prin arhive pentru ca să pătrundă în universul mental al indivizilor. Le este suficient să ia o coală de hîrtie și un stilou pentru a transcrie gîndurile aproapelui.

— I-auzi. Dragă domnule, cred că aveți un sistem jalnic, dacă e să judec după debilitatea concluziilor dumneavoastră.

— Biată neroadă! Ce încerci să-mi bagi pe gît? Sau, mai curînd, ce încerci să-ți bagi pe gît? Că ești fericită? Autosugestia are limitele ei. Deschide ochii! Nu ești fericită, nu trăiești.

— Ce știți dumneavoastră?

— Întrebarea asta ți se adresează dumitale. Cum ai putea ști dacă ești sau nu în viață, dacă ești sau nu fericită? Nici măcar nu știi ce-i fericirea. Dacă ți-ai fi petrecut copilăria în paradisul pămîntesc, ca Léopoldine și ca mine...

— Bine, bine, nu vă mai tot socotiți un caz excepțional. Toți copii sînt fericiți.

— Nu-s chiar atît de sigur. Cert e că nici un copil n-a fost vreodată fericit precum mica Léopoldine și micul Prétextat.

Jurnalista își lăsă din nou capul pe spate și rîsul porni iar, cu zvîcnituri.

— Iată că uterul dumitale o ia de la capăt. Bine, fie, dar ce-am spus așa de comic?

— Vă rog să mă scuzați, prenumele astea-s de vină... mai ales al dumneavoastră!

— Și ce? Ai ceva de reproșat prenumelui meu?

— De reproșat nu. Dar să te cheme Prétextat! Ai jura că-i o glumă. Mă întreb ce s-a putut petrece în capul părinților dumneavoastră în ziua cînd au hotărît să vă numească așa.

— Îți interzic să-mi judeci părinții. Și, sincer, nu văd ce-i atît de comic la Prétextat. E un prenume creștin.

— Zău? În cazul ăsta e cu atît mai comic.

— Nu lua în rîs religia, femelă scelerată! M-am născut pe 24 februarie, de Sfîntul Prétextat, iar tata și mama, în pană de inspirație, s-au conformat acestei decizii a calendarului.

— Cerule! Și atunci, dacă v-ați fi născut la intrarea în postul Paștelui, v-ar fi zis Mardi-Gras sau pur și simplu Gras?

— Pînă aici cu blasfemiile, creatură netrebnică! Află, ignoranto, că, în secolul al VI-lea, sfîntul Prétextat era arhiepiscop de Rouen și bun prieten cu Grégoire de Tours, de care firește că n-ai auzit vorbindu-se în viața ta. Merovingienii au existat tocmai datorită lui Prétextat, căci el a căsătorit-o pe Mérovée cu Brunehaut, punîndu-și de altminteri viața în primejdie. Și toate astea numai ca să-ți explic că n-ai de ce să rîzi de un nume atît de ilustru.

— Nu văd prin ce ar putea asemenea precizări istorice să vă facă prenumele mai puțin rizibil. La capitolul ăsta, nici verișoara dumneavoastră nu stă mai rău.

— Ce? Îndrăznești să rîzi de numele verișoarei mele? Îți interzic! Ești un monstru de trivialitate și prost-gust! Léopoldine este prenumele cel mai frumos, cel mai nobil, cel mai grațios și mai sfîșietor pe care l-a purtat vreodată cineva.

— Aha.

— Perfect! Nu cunosc decît un singur prenume care să ajungă pînă la călcîiul lui Léopoldine: Adèle.

— Ia te uită!

— Da. Moș Hugo avea destule defecte, dar există un lucru pe care nimeni n-o să i-l poată lua vreodată: era un om de gust. Chiar și atunci cînd păcătuiește prin rea-credință, opera lui Hugo rămîne frumoasă și măreață. Și tot el le-a dat celor două fiice ale sale cele mai minunate prenume. Pe lîngă Adèle și Léopoldine, toate prenumele feminine sînt jalnice.

— E o chestiune de gust.

— Ba nu, neroado! Cui îi pasă de gusturile celor ca tine, din popor, din pegră, mediocri, de rînd? Nu contează decît gusturile geniilor, ca Hugo și ca mine. În plus, Adèle și Léopoldine sînt nume creștinești.

— Și?

— Înțeleg, domnișoara face parte din plebea de tip nou ce agreează numele păgîne. Ia zi, ești cumva genul care-și botează copii Krishna,

Elohim, Abdalah, Ciang, Empedocle, Sitting Bull sau Akhenaton? Grotesc! Mie, unuia, îmi plac numele creștinești. Apropo, care ți-e prenumele?

— Nina.

— Sărăcuța de ea!

— Cum adică sărăcuța de ea?

— Încă una pe care n-o cheamă nici Adèle, nici Léopoldine. Lumea e nedreaptă, nu găsești?

— Mai spuneți multe aiureli?

— Aiureli? Dar nu există nimic mai important! Să nu te cheme Adèle sau Léopoldine este o nedreptate fundamentală, o tragedie primordială, mai cu seamă pentru dumneata, împopoțonată cu așa un prenume păgîn...

— Vă întrerup: Nina este un prenume creștin. Sfînta Nina pică pe 14 ianuarie, data primului dumneavoastră interviu.

— Mă întreb ce anume ai să încerci să dovedești cu o coincidență atît de nesemnificativă.

— Nu-i chiar atît de nesemnificativă. M-am întors din vacanță pe 14 ianuarie și, în aceeași zi, am aflat despre moartea dumneavoastră iminentă.

— Și? Îți imaginezi că asta o să creeze niște legături între noi?

— Nu-mi imaginez nimic, însă cu cîteva minute în urmă mi-ați spus niște vorbe extrem de ciudate.

— Da, te-am supraestimat. Însă m-ai dezamăgit foarte tare după aceea. Iar prenumele dumitale a fost un dezastru pentru mine. Acum nu mai însemni nimic în ochii mei.

— Sînt încîntată. Voi scăpa așadar cu viață.

— Vrei să spui cu neviață. Ce-ai să faci cu ea?

— Tot felul de lucruri: de exemplu, am să termin acest interviu.

— Exaltant. În vreme ce eu, în bunătatea mea, ți-aș fi putut garanta o splendidă apoteoză!

— Că tot veni vorba, cum ați fi procedat pentru a mă ucide? Să asasinezi o fetiță iubitoare, cînd ești un băiat sprinten de șaptesprezece ani, e lucru ușor. Pentru un bătrîn neputincios, în schimb, să asasineze o tînără femeie care i se mai și împotrivește ar fi fost o aventură.

— Mă gîndeam, în naivitatea mea, că n-o să te împotrivești. Faptul că sînt bătrîn, obez și neputincios nu m-ar fi stînjenit dacă m-ai fi iubit cum mă iubea Léopoldine, dacă ai fi consimțit cum a consimțit ea...

— Domnule Tach, vreau să-mi spuneți adevărul: Léopoldine a consimțit cu adevărat și în mod conștient?

— De-ai fi văzut cu cîtă docilitate s-a supus, nu mi-ai mai pune o asemenea întrebare.

— Totuși, ar trebui să știu de ce a fost docilă: ați drogat-o înainte, ați adus-o la exaltare, i-ați ținut predici, ați bătut-o?

— Nu, nu, nu și nu. O iubeam, cum o iubesc de altfel și acum. Era mai mult decît suficient. Iubirea asta e de o calitate pe care nici dumneata, nici nimeni altcineva n-a mai cunoscut-o vreodată. Dacă ai fi cunoscut-o, nu mi-ai mai fi pus asemenea întrebări idioate.

— Domnule Tach, chiar nu puteți să vă imaginați și altă versiune a poveștii? Vă iubeați, de acord. Dar de aici nu rezultă că Léopoldine voia să moară. Poate că s-a supus numai din dragoste pentru dumneavoastră, iar nu din dorința de a muri.

— E totuna.

— Nu-i totuna. Poate că vă iubea atît de mult încît nu voia să vă nemulțumească.

— Să mă nemulțumească! Ador vocabularul de scenă domestică pe care-l folosești ca să exprimi un moment atît de metafizic.

— Metafizic pentru dumneavoastră, dar poate că nu și pentru ea. Acest moment, pe care dumneavoastră l-ați trăit cu extaz, s-ar putea ca ea să-l fi trăit cu resemnare.

— Să ne înțelegem, am mai multe șanse decît dumneata să o știu.

— E rîndul meu să vă răspund că nimic nu-i mai puțin sigur.

— La naiba cu toate astea! Cine-i scriitorul, dumneata ori eu?

— Dumneavoastră, și tocmai de aceea mi-e foarte greu să vă cred.

— Și dacă ți-aș povesti lucrurile cu gura mea, m-ai crede?

— Nu știu. Încercați.

— Vai, nu-i ușor. Am așternut în scris acel moment pentru că era cu neputință de redat prin viu grai. Scrisul începe acolo unde se termină vorbirea și această trecere de la indicibil la dicibil e o mare taină. Vorbirea și scrisul își iau locul rînd pe rînd și nu se suprapun niciodată.

— Iată niște considerații admirabile, domnule Tach, dar vă aduc din nou aminte că problema noastră e asasinatul, nu literatura.

— Există vreo diferență?
— Aceea dintre curtea cu juri și Academia franceză, presupun.
— Între curtea cu juri și Academia franceză nu există nici o diferență.
— Interesant, dar vă îndepărtați de la subiect, dragă domnule.
— Ai dreptate. Dar cum să povestesc așa ceva? Îți dai seama că n-am vorbit în viața mea despre asta?
— Orice lucru are un început.
— Era pe 13 august 1925.
— Iată deja un excelent început.
— Era ziua de naștere a lui Léopoldine.
— Ce amuzantă coincidență!
— Ai să taci odată? Nu vezi că-s torturat, că-mi lipsesc cuvintele?
— Văd și sînt încîntată. Mă mîngîie gîndul că, după șaizeci și șapte de ani, în sfîrșit, amintirea crimei vă tortureaza.
— Ești meschină și revanșardă ca toate femelele. Aveai dreptate cînd spuneai că *Igiena asasinului* numără doar două personaje feminine: bunica și mătușă-mea. Léopoldine nu era un personaj feminin, era - și este pentru totdeauna - un copil, o ființă miraculoasă, dincolo de sexe.
— Dar nu și dincolo de sex, după cîte am putut înțelege citindu-vă cartea.
— Numai noi știam că nu-i nevoie să fii puber ca să faci dragoste, dimpotrivă: pubertatea strică totul. Scade senzualitatea și capacitatea de extaz, de abandon. Nimeni nu face dragoste mai bine decît copiii.

— Așadar mințeați atunci cînd îmi spuneați că sînteți virgin.

— Nu. În vocabularul comun, dezvirginarea masculină nu e posibilă decît după pubertate. Or, eu n-am făcut niciodată dragoste după pubertate.

— Văd că iarăși vă jucați cu sensul cuvintelor.

— Nicidecum, doar că dumneata nu cunoști nimic. Mi-ar plăcea să nu mă mai întrerupi tot timpul.

— Ați întrerupt o viață; suportați și dumneavoastră să vi se întrerupă accesele de logoree.

— Lasă, că-ți convin de minune accesele mele de logoree. Îți ușurează din plin meseria.

— E ceva adevăr aici. Hai, dați-i drumul cu logoreea despre 13 august 1925.

— 13 august 1925: era cea mai frumoasă zi din lume. Îndrăznesc să sper că orice ființă omenească a avut parte, măcar o dată în viață, de un 13 august 1925 – căci ziua aceea nu era atît o dată în calendar, cît o încoronare. Cea mai frumoasă zi a celei mai frumoase veri, călduță și cu vînt adiind ușor sub copacii grei. Léopoldine și cu mine ne începuserăm ziua pe la unu dimineața, după somnul ritual de aproximativ o oră și jumătate. Cu asemenea orare, s-ar putea crede că eram mereu epuizați, ceea ce nu se întîmpla însă niciodată. Eram atît de avizi de Edenul nostru, încît adeseori ne venea greu să adormim. Abia la optsprezece ani, după incendierea castelului, am început să dorm și eu opt ore pe zi: ființele prea fericite sau prea nefericite sînt incapabile de absențe atît de lungi. Nimic nu ne plăcea mai mult, mie și lui Léopoldine, decît să ne deșteptăm din somn. Vara era chiar mai bine, căci ne petreceam nopțile sub cerul liber și dormeam în inima pădurii, înfășurați într-o cuvertură de damasc sidefiu pe care-o furasem eu de la castel. Cine se trezea primul îl contempla pe celălalt, iar privirea asta era de-ajuns ca să-l deștepte. Pe 13 august 1925, mă trezisem eu primul, pe la unu, iar ea nu întîrziase să mi se alăture. Aveam timp din belșug să facem tot ceea ce o noapte frumoasă te-ndeamnă să faci, tot ceea ce în sînul damascului la-nceput sidefiu, acum bătînd în culoarea frunzelor moarte, ne înălța la demnitatea de hierofanți – îmi plăcea s-o numesc pe Léopoldine hierinfantă, eram deja atît de cultivat, dar mă abat de la subiect...

— Da.

— Așadar, ziceam 13 august 1925. O noapte absolut calmă și neagră, neobișnuit de blîndă. Era ziua de naștere a lui Léopoldine, însă asta n-avea nici o însemnătate pentru noi: de trei ani de zile, timpul nu ne mai interesa. Nu ne schimbaserăm nici măcar cu un atom, doar că ne alungisem extraordinar de mult, fără ca această amuzantă subțiere să ne fi modificat constituția informă, imberbă, inodoră, infantilă. Așa încît nu i-am urat la mulți ani în dimineața aceea. Cred că am făcut mult mai mult: i-am dat verii înseși o lecție de vară. Era pentru ultima oară în viața mea cînd mai făceam dragoste. Eu nu știam, dar pădurea știa, fiindcă ne privea tăcută ca o bătrînă vicioasă. Cînd soarele s-a ridicat peste dealuri, vîntul a prins să sufle, alungînd ultimii nori noptateci și dezvăluind un cer de o puritate aproape deopotrivă cu a noastră.

— Admirabil lirism.

— Nu mă mai întrerupe. Deci, unde rămăsesem?

— La 13 august 1925, răsăritul soarelui, post coitum.

— Mersi, domnișoară grefier.

— N-aveți pentru ce, domnule asasin.

— Prefer situația mea situației dumitale.

— Prefer situația mea situației lui Léopoldine.

— S-o fi văzut în dimineața aceea! Era făptura cea mai frumoasă din lume, o infantă nesfîrșită, albă și mlădie, cu părul și ochii de culoare întunecată. Vara, cu excepția foarte rarelor momente cînd ne aflam la castel, trăiam goi – domeniul era atît de întins, încît nu zăream niciodată țipenie de om. Așa că ne petreceam cea mai mare parte a zilei în lacuri, cărora eu le atribuiam virtuți amniotice, ceea ce probabil că nu era chiar atît de absurd, avînd în vedere rezultatele. Dar ce importanță are cauza? Contează doar acel miracol de toate zilele – miracolul timpului încremenit pe veci, cel puțin așa credeam noi. Iar pe 13 august 1925 aveam toate motivele să o credem, contemplîndu-ne unul pe altul, năuci. În dimineața aceea, ca-n fiecare dimineață, am plonjat în lac fără șovăire și am rîs de Léopoldine căreia, spre deosebire de mine, îi lua o veșnicie să intre în apa ca gheața. Zeflemisirea asta era încă un ritual, unul cu care mă desfătam, căci verișoara mea nu era niciodată mai drăgălașă la vedere ca atunci cînd, în picioare, încerca apa lacului, palidă, rîdea de frig, mă încredința că n-o să reușească niciodată, apoi își desfășura încet-încet membrele livide spre a mi se alătura, parcă în reluare, cu buzele vinete, aidoma unui cocostîrc tremurînd. Cu ochii ei mari plini de groază – frica o prindea atît de bine –, bîiguind că era cumplit...

— Sînteți de un sadism înspăimîntător!

— Nu cunoști nimic. Dacă ai avea cît de cît habar ce înseamnă plăcerea, ai ști că frica și durerea, dar mai cu seamă frisoanele sînt cele mai bune preludii. După ce se afunda cu totul, ca și mine, frigul lăsa locul fluidității, desfătării atît de tihnite a vieții în apă. În dimineața aceea, ca în fiece dimineață de vară, ne îmbăiaserăm timp îndelungat, lunecînd cîteodată împreună spre adîncurile lacului, cu ochii deschiși, privindu-ne trupurile înverzite de reflexele apei, înotînd altă dată la suprafață și întrecîndu-ne în viteză, uneori bălăcindu-ne, agățați de ramurile sălciilor și vorbind cum vorbesc copiii, dar cu o mai mare știință a copilăriei, alteori făcînd pluta ceasuri întregi, sorbind cerul din ochi în tăcerea desăvîrșită a apelor glaciale. Cînd ne răzbea frigul, ne cățăram pe niște stînci ce se ițeau din apă și stăteam să ne uscăm la soare. În ziua aceea de 13 august, vîntul era deosebit de plăcut și ne zvînta cu mare iuțeală. Léopoldine se aruncase prima înapoi în apă și se prinsese de insulița pe care eu încă mai stăteam să mă încălzesc. Era rîndul ei să mă ia în zeflemea. O văd de parcă totul s-ar fi întîmplat ieri, cu coatele pe piatră, rezemîndu-și bărbia pe mîinile încrucișate, cu privirea obraznică și cu pletele acelea lungi care, în apă, urmau unduirile picioarelor abia vizibile, a căror albeață îndepărtată îți făcea puțin frică. Eram atît de fericiți, atît de ireali, atît de îndrăgostiți, de frumoși... și pentru ultima oară.

— Fără elegii, vă rog. Din vina dumneavoastră a fost pentru ultima oară.

— Ei și? Sînt lucrurile mai puțin triste din cauza asta?

— Dimpotrivă, lucrurile sînt cu atît mai triste, însă, de vreme ce răspunderea vă revine, n-aveți dreptul să vă plîngeți.

— Dreptul? Exact ce nu trebuia să aud. Fac ceva pe drept și, indiferent care-i partea mea de răspundere în afacerea asta, cred că-s de compătimit. De altminteri, partea mea de răspundere a fost aproape nulă.

— A, da? Poate a sugrumat-o vîntul?

— Eu am sugrumat-o, dar n-a fost vina mea.

— Vreți să spuneți că ați sugrumat-o într-o clipă de neatenție?

— Nu, toanto, vreau să spun că vina o poartă natura, viața, hormonii și toate mizeriile de genul ăsta. Lasă-mă să-mi spun povestea și să fiu elegiac. Îți vorbeam așadar despre albeața picioarelor lui Léopoldine, acea albeață atît de misterioasă, mai cu seamă cînd se întrezărea prin verdele întunecat al apelor. Ca să rămînă în echilibru la orizontală, verișoara mea bătea lent din picioarele-i lungi pe care le vedeam ridicîndu-se rînd pe rînd spre suprafață – talpa n-apuca să iasă din apă, că piciorul se și cufunda în neant, lăsînd loc albeții celuilalt picior, și așa mai departe. În ziua de

13 august 1925, întins pe insulița stîncoasă, nu mă mai săturam de un spectacol atît de grațios. Nu știu cît a durat momentul acela. A fost întrerupt de un detaliu anormal a cărui cruzime mă izbește și astăzi: baletul picioarelor lui Léopoldine a scos din adîncurile lacului un firicel de fluid roșu, de o densitate foarte specială, dacă ar fi să judec după inapetența lui de a se amesteca cu apa curată.

— Mai pe scurt, sînge.

— Cît ești de crudă.

— Verișoara dumneavoastră avea pur și simplu prima menstruație.

— Ești josnică.

— Nu-i nimic josnic aici, e ceva normal.

— Tocmai.

— Iată o atitudine ce nu vi se prea potrivește, domnule Tach. Dumneavoastră, luptător înflăcărat împotriva relei-credințe, apărător feroce al limbajelor crude, uite că deodată vă ofuscați precum un erou de-al lui Oscar Wilde fiindcă ați auzit spunîndu-se unei pisici pisică. Erați îndrăgostit nebunește, dar această dragoste nu o scotea pe Léopoldine din rîndul oamenilor.

— Ba da.

— Spuneți-mi că visez: dumneavoastră, geniul sarcastic, pana celiniană, cinicul practicant al vivisecției, metafizicianul deriziunii, proferați acum nerozii demne de un adolescent baroc?

— Taci, iconoclasto. Nu-s nerozii.

— A, nu? Micii castelani ce se drăgostesc, băietanul înamorat de nobila-i verișoară, sfidarea romantică a timpului, lacurile limpezi din codrul legendar – păi dacă nici astea nu-s nerozii, atunci nimic nu-i nerozie pe pămîntul ăsta.

— Dacă m-ai lăsa să spun urmarea, ai înțelege că povestea nu-i chiar neroadă.

— Încercați să mă convingeți. N-are să fie ușor, căci ceea ce mi-ați istorisit pînă acum m-a consternat. Băiatul ăsta incapabil să accepte că verișoara lui are prima menstruație e ceva grotesc. Miroase de la o poștă a lirism vegetarian.

— Urmarea nu-i vegetariană, dar am nevoie de un minimum de liniște ca s-o povestesc.

— Nu promit nimic; greu v-ascultă omul fără să reacționeze.

— Așteaptă baremi să termin înainte să reacționezi. La naiba, unde rămăsesem? M-ai făcut să pierd firul povestirii.

— Sînge în apă.

— Cerule, așa-i. Închipuie-ți șocul pe care l-am avut: intruziunea brutală a acelei culori roșii și calde în sînul atîtor lividități – apa ca gheața, negrul clorotic al lacului, albeața umerilor lui Léopoldine, buzele ei albastre ca sulfatul de mercur, iar apoi îndeosebi picioarele ale căror imperceptibile epifanii evocau, prin enigmatica lor lentoare, cine știe ce mîngîiere hiperboreană. Nu, era inadmisibil ca între picioarele acelea să-și poată avea izvorul o scurgere respingătoare.

— Respingătoare!

— Respingătoare, și nu dau îndărăt! Respingătoare prin ce era și chiar mai respingătoare prin ce semnifica – încoronare fioroasă, trecere de la viața mitică la viața hormonală, de la viața eternă la viața ciclică. Trebuie să fii vegetarian ca să te mulțumești cu o eternitate ciclică. În opinia mea, există aici o contradicție în termeni. Pentru Léopoldine și pentru mine, eternitatea nu se putea concepe decît la o primă persoană a unui singular singular, întrucît ne îngloba pe amîndoi. Pe cînd eternitatea ciclică sugerează că niște terți vin și preiau ștafeta vieții celorlalți – și cică să afli mulțumire în așa o expropriere, cică să te bucuri de un asemenea proces de uzurpare! N-am decît dispreț pentru cei care acceptă comedia asta sinistră: îi disprețuiesc nu atît pentru capacitatea lor ovină de resemnare, cît pentru anemia iubirii lor. Căci, dac-ar fi în stare de-o iubire adevărată, nu s-ar mai supune ca niște nevolnici, n-ar mai răbda să vadă suferința celor pe care pretind că-i iubesc și și-ar asuma, fără lașitate egoistă, răspunderea de a-i cruța de o soartă atît de abjectă. Firicelul acela de sînge din apa lacului însemna pentru Léopoldine sfîrșitul eternității. Iar eu, pentru că o iubeam cu toată ființa mea, am hotărît s-o redau fără amînare acestei eternități.

— Încep să înțeleg.

— Nu ești prea iute.

— Încep să înțeleg cît sînteți de bolnav.

— Ce-o să mai spui atunci despre continuare?

— Cu dumneavoastră, e sigur că întotdeauna lucrurile vor merge spre mai rău.

— Cu sau fără mine, e sigur că întotdeauna lucrurile vor merge spre mai rău, dar cred că am scutit și eu măcar o persoană de tot ce poate fi mai rău. Léopoldine a văzut că privirea mea rămînea pironită îndărătul ei și s-a întors. A ieșit din apă cît a putut de repede, parcă îngrozită. S-a cățărat alături de mine pe insulița stîncoasă. Originea firicelului de sînge n-a mai lăsat loc nici unei bănuieli. Verișoara mea era tulburată, iar eu o înțelegeam. În ultimii trei ani, nu aduseserăm niciodată vorba despre această eventualitate. Aveam un soi de acord tacit în privința comportamentului ce trebuia adoptat într-un asemenea caz – caz atît de inacceptabil încît, pentru a nu ne pierde beția, preferaserăm să rămînem la un acord tacit.

— Exact de ce mă temeam. Léopoldine nu v-a cerut nimic, așa că ați ucis-o în numele unui „acord tacit“ izvorît din tenebrele imaginației dumneavoastră morbide.

— Nu mi-a cerut nimic explicit, dar nici nu era nevoie.

— Exact ce ziceam și eu. Peste cîteva clipe îmi veți preamări virtuțile a ceea ce nu este spus.

— Dumneata ai fi vrut un contract după toate regulile, semnat în fața unui notar, așa-i?

— Aș fi preferat orice altceva decît modul dumneavoastră de a acționa.

— Nu contează ce-ai fi preferat dumneata. Singurul lucru important era salvarea lui Léopoldine.

— Singurul lucru important era viziunea dumneavoastră asupra salvării lui Léopoldine.

— Era și viziunea ei. Drept dovadă, scumpă domnișoară, că nu ne-am spus nimic. Am sărutat-o pe ochi cu multă blîndețe și a înțeles. A părut împăcată, a surîs. Totul s-a petrecut foarte repede. Trei minute mai tîrziu, murise.

— Cum? Așa, pe loc? E... este monstruos!

— Ai fi vrut să țină două ceasuri, ca la Operă?

— Oricum, nu omori oamenii chiar așa.

— A, nu? Nu știam că sînt și uzanțe în domeniu. Există vreun tratat al bunelor maniere pentru asasini? Vreun manual cu regulile bunei-cuviințe pentru victime? Data viitoare, îți promit că am să omor cu mai multă politețe.

— Data viitoare? Slavă Domnului, nu va exista nici o dată viitoare. Pînă una alta, mă faceți să vomit.

— Pînă una alta? Mă neliniștești.

— Așadar, pretindeați că o iubiți și totuși ați sugrumat-o fără să i-o spuneți baremi pentru cea din urmă oară?

— Știa. De altminteri, dovada era tocmai gestul meu. Dacă n-aș fi iubit-o, n-aș fi omorît-o.

— Cum puteți fi sigur că știa?

— Nu vorbeam niciodată despre treburi dintr-astea, eram pe aceeași lungime de undă. Și-apoi, nici nu eram vorbăreți. Dar lasă-mă să-ți povestesc sugrumarea. Niciodată n-am avut ocazia să vorbesc despre sugrumare, însă-mi place să mă gîndesc la ea - de cîte ori n-am retrăit în intimitatea memoriei mele această scenă atît de frumoasă!?

— Cu ce vă puteți umple timpul!

— Ai să vezi că o să prinzi și dumneata gust.

— Să prind gustul cui? Al amintirilor dumneavoastră sau al sugrumării?

— Al dragostei. Dar lasă-mă să-ți povestesc, rogu-te.

— Dacă insistați.

— Ne aflam deci pe insulița stîncoasă din mijlocul lacului. În clipa în care moartea a fost decretată, Edenul, care ne fusese smuls pentru prima dată preț de două minute, ne-a fost înapoiat preț de alte trei. Eram absolut conștienți că nu ne mai rămăseseră decît o sută optzeci de secunde edenice; trebuia deci să facem bine lucrurile, și le-am făcut. O, știu la ce te gîndești: că tot meritul unei sugrumări frumoase îi revine sugrumătorului. Inexact. Cel sugrumat e mult mai puțin pasiv decît se crede. Ai văzut filmul acela extrem de prost turnat de un barbar - un japonez, dacă-mi aduc bine aminte - care se termină cu o sugrumare de aproximativ treizeci și două de minute?

— Da, *Imperiul simțurilor* de Oshima.

— Scena sugrumării e ratată. Eu, care mă pricep, pot să afirm că nu așa se petrec lucrurile. Mai întîi că o sugrumare de treizeci și două de minute e de un prost-gust teribil. Există un fel de refuz din partea tuturor artelor de a admite că asasinatele sînt niște episoade pline de vioiciune, rapide. Hichcock, spre deosebire de alții, înțelesese. Și mai e un lucru pe care domnul acela japonez nu l-a înțeles: o sugrumare nu-i deloc alinătoare sau dureroasă, dimpotrivă, e tonică, proaspătă.

— Proaspătă? Ce adjectiv neașteptat! De ce nu bogată în vitamine, dacă tot ați ajuns pînă aici?

— Chiar așa, de ce nu? Cînd sugrumi o persoană iubită, te simți revitalizat.

— Vorbiți ca și cum ați face asta cu regularitate.

— E suficient să fi făcut un lucru o singură dată, dar temeinic, pentru ca mai apoi să-l refaci doar de-a lungul întregii vieți. În acest scop, este imperativ ca scena crucială să fie perfectă din punct de vedere estetic. Pesemne că domnul acela japonez ori nu știa, ori era foarte stîngaci, fiindcă sugrumarea lui e urîtă, ba chiar ridicolă: sugrumătoarea parcă ar face flotări, iar sugrumatul pare zdrobit de un compresor. Sugrumarea mea a fost o splendoare, poți să mă crezi.

— Nu mă îndoiesc. Totuși, îmi pun o întrebare: de ce ați ales sugrumarea? Dat fiind locul unde vă aflați, înecul ar fi fost mai logic. Este de altfel și explicația pe care le-ați dat-o părinților verișoarei dumneavoastră cînd le-ați adus cadavrul - explicație puțin credibilă, avînd în vedere semnele din jurul gîtului. Așadar, de ce n-ați înecat pur și simplu copila?

— Excelentă întrebare. Și eu m-am gîndit la asta, în ziua aceea de 13 august 1925. Răspunsul mi-a venit imediat. Mi-am zis că, dacă toate Léopoldinele ar muri înecate, chestia ar deveni un procedeu, o lege a genului, și ar fi puțin vulgară. Fără să mai punem la socoteală că amintirea lui moș Hugo ar fi fost, poate, atinsă de acest plagiat servil.

— Ați renunțat așadar la înec pentru a evita o referință. Alegerea sugrumării vă expunea însă la altele.

— E adevărat, și totuși, motivul ăsta n-a intrat în calcul. Nu, ceea ce m-a determinat să-mi sugrum verișoara a fost mai cu seamă frumusețea gîtului ei. Văzut și dinspre ceafă, și dinspre piept, era un gît sublim, lung și mlădios, cu un profil admirabil. Cîtă finețe! Dacă cineva ar vrea să mă sugrume, ar avea nevoie de cel puțin două perechi de mîini. Cu un gît delicat ca al ei, strîngerea a fost atît de ușoară!

— Dacă n-ar fi avut un gît frumos, n-ați fi sugrumat-o?

— Nu știu. Poate că tot aș fi făcut-o, fiindcă tare-mi place să-mi folosesc mîinile. Iar sugrumarea e modul cel mai direct de a da morții pe cineva cu mîinile tale. Sugrumarea procură mîinilor o impresie de plenitudine senzuală de neegalat.

— Vedeți că ați făcut-o pentru propria dumneavoastră plăcere! De ce încercați să mă îmbrobodiți că ați sugrumat-o spre izbăvirea ei?

— Micuța mea, ai scuza că nu știi o boabă de teologie. Și totuși, de vreme ce pretinzi că mi-ai citit toate cărțile, ar trebui să pricepi. Am scris un frumos roman care se numește *Grația concomitentă* și care prezintă extazul dăruit de Dumnezeu în cursul acțiunilor pentru a le face merituoase. E o noțiune pe care n-am inventat-o eu și pe care adevărații mistici o cunosc adeseori. Ei bine, sugrumînd-o pe Léopoldine, plăcerea mea a fost grația concomitentă cu izbăvirea iubitei mele.

— Pînă la urmă o să-mi spuneți că *Igiena asasinului* e un roman catolic.

— Nu, e un roman instructiv.

— Instruiți-mă pînă la capăt și povestiți-mi ultima scenă.

— Ajung îndată și acolo. Lucrurile s-au petrecut cu simplitatea capodoperelor. Léopoldine mi s-a așezat pe genunchi, cu fața spre mine. Ia seama, domnișoară grefier, că a făcut-o din proprie inițiativă.

— Asta nu dovedește nimic.

— Crezi cumva că a fost uimită cînd i-am pus mîinile în jurul gîtului, cînd i l-am strîns ca-n menghină? Surîdeam și unul, și altul, privindu-ne în ochi. Nu era o despărțire, pentru că muream împreună. Eu era amîndoi.

— Ce romantic!

— Nu-i așa? N-ai să-ți poți niciodată imagina cît de frumoasă era Léopoldine, mai ales în momentul acela. Nu trebuie să sugrumi oameni care au capul băgat între umeri, nu-i estetic. Dimpotrivă, sugrumarea li se potrivește gîturilor lungi, grațioase.

— Verișoara dumneavoastră trebuie să fi fost o sugrumată foarte elegantă.

— Încîntătoare. Simțeam sub mîinile mele gingășia cartilajelor care cedau încetișor.

— Cine a ucis prin cartilaje, de cartilaje va pieri.

Obezul o țintui pe jurnalistă din priviri, stupefiat.

— Dumneata ai auzit ce-ai spus?

— Dinadins am spus-o.

— Extraordinar! Ești o clarvăzătoare. Cum de nu mi-a dat pînă acum prin minte? Știam deja că sindromul Elzenveiverplatz este cancerul asasinilor, dar ne lipsea o explicație: iat-o! Cei zece ocnași din Cayenne sigur săriseră la cartilajele victimelor lor. Domnul nostru a zis clar: Armele ucigașilor se întorc totdeauna împotriva lor. Mulțumită dumitale, domnișoară, știu în sfîrșit de ce am cancer la cartilaje! Cînd îți ziceam eu că teologia-i știința științelor...

Romancierul părea să fi atins extazul intelectual al savantului care, după douăzeci de ani de cercetări, descoperă în sfîrșit coerența sistemului său. Privirea lui despuia cine știe ce absolut invizibil, în vreme ce fruntea-i grăsulie brobonea asemeni unei mucoase.

— Aștept în continuare sfîrșitul poveștii, domnule Tach.

Tînăra femeie, subțire la trup, contempla cu dezgust chipul iluminat al bătrînului mătăhălos.

— Sfîrșitul poveștii, domnișoară? Păi povestea asta nu se sfîrșește, ci de-abia începe! Chiar dumneata m-ai făcut să înțeleg. Cartilajele, articulații prin excelență! Articulații ale trupului, dar mai cu seamă articulații ale acestei povești!

— Delirați cumva?

— Delir, da, delir al coerenței în sfîrșit regăsite! Mulțumită dumitale, domnișoară, am să pot scrie continuarea, ba poate și sfîrșitul romanului. Sub *Igiena asasinului*, voi pune un subtitlu: „Poveste despre cartilaje". Cel mai frumos testament din lume, nu crezi? O să trebuiască să mă grăbesc însă, mi-a mai rămas atît de puțin timp ca să-l scriu! Doamne Dumnezeule, ce urgență! Ce ultimatum!

— Cum vreți, dar, înainte de a scrie această prelungire, va trebui să-mi povestiți sfîrșitul zilei de 13 august 1925.

— N-are să fie o prelungire, ci un *flash-back*. Înțelege-mă: cartilajele sînt veriga mea lipsă, articulații ambivalente ce permit mersul înainte și înapoi, accesul la totalitatea timpului, la eternitate! Mă întrebi cum se sfîrșește 13 august 1925? Dar 13 august 1925 n-are sfîrșit, fiindcă în ziua asta a început eternitatea. De pildă, dumneata crezi că astăzi sîntem în 18 ianuarie 1991, că e iarnă și că-n Golf se dau lupte. Greșeală vulgară! Calendarul s-a oprit acum șaizeci și cinci de ani și jumătate! Sîntem în toiul verii, iar eu sînt un copil frumos.

— Nu se vede.

— Pentru că nu mă privești destul de pătrunzător. Uite ce mîini am, atît de drăguțe, atît de fine...

— Trebuie să recunosc că e adevărat. Sînteți obez și diform, însă v-ați păstrat niște mîini grațioase, de paj.

— Nu-i așa? E un semn, firește: în povestea asta, mîinile mele au jucat un rol copleșitor. Din 13 august 1925 încoace, mîinile astea n-au contenit o clipă să sugrume. Nu vezi că acum, chiar în momentul în care-ți vorbesc, o sugrum pe Léopoldine?

— Nu.

— Ba da. Uită-te la mîinile mele. Uită-te la falange cum strîng gîtul ăsta de lebădă, uită-te la degete cum masează articulațiile, cum pătrund în țesutul spongios, acest țesut spongios care se va preschimba în text.

— Domnule Tach, v-am surprins în flagrant delict de metaforă.

— Nu e o metaforă. Ce-i textul dacă nu un gigantic cartilaj verbal?

— Cu sau fără voia dumneavoastră, este o metaforă.

— Dacă ai vedea lucrurile în totalitatea lor, cum le văd eu acum, ai pricepe. Metafora e o născocire ce le permite oamenilor să stabilească o coerență între fragmentele viziunii lor. Cînd fragmentarea dispare, metaforele nu mai au nici un sens. Sărmană mititică lipsită de vedere! Într-o zi poate că o să ai acces la această totalitate, iar ochii or să ți se deschidă cum se deschid, în sfîrșit, ai mei după șaizeci și cinci de ani și jumătate de orbire.

— N-aveți cumva nevoie de un calmant, domnule Tach? Mi se pare că v-ați înfierbîntat periculos de mult.

— Am și de ce. Uitasem că poți fi atît de fericit.

— Ce motiv aveți să fiți fericit?

— Ți-am spus: tocmai o sugrum pe Léopoldine.

— Iar asta vă face fericit?

— Și încă cum! Verișoara mea se apropie de al șaptelea cer. Capul i s-a răsturnat pe spate, gura ei încîntătoare s-a întredeschis, ochii imenși sorb infinitul, asta dacă nu cumva lucrurile stau invers, fața i-e toată un zîmbet, și uite că-i moartă, eu slăbesc strînsoarea, dau drumul trupului ce alunecă în lac, plutește – ochii privesc spre cer în extaz, apoi Léopoldine se scufundă și dispare.

— Încercați să o scoateți la suprafață?

— Nu chiar imediat. Mai întîi mă gîndesc la ce-am făcut.

— Sînteți mulțumit de dumneavoastră?

— Da. Izbucnesc în rîs.

— Rîdeți?

— Da. Mă gîndesc că, în mod normal, asasinii varsă sîngele aproapelui, pe cînd eu, fără să vărs o picătură din sîngele victimei mele, am ucis-o spre a-i pune capăt hemoragiei, spre a o înapoia nemuririi ei originare și neînsîngerate. Un asemenea paradox mă face să rîd.

— Aveți un simț al umorului incredibil de deplasat.

— Pe urmă, privesc lacul căruia vîntul i-a netezit suprafața, ștergînd pînă și ultimele cute de după căderea lui Léopoldine. Și mă gîndesc că lințoliul e demn de verișoara mea. Apoi, gîndul îmi zboară la înecul de la Villequier și-mi aduc aminte cuvîntul de ordine: „Atenție, Prétextat, fără nici o lege a genului, fără plagiat!". Atunci plonjez și ajung în adîncurile verzui unde mă așteaptă verișoara mea, atît de aproape încă de mine și deja enigmatică precum un vestigiu înghițit de ape. Cu părul lung unduindu-i deasupra capului, are pentru mine un misterios surîs de atlantă.

Tăcere prelungă.

— Și după aceea?

— O, după aceea... O aduc la suprafață și-i iau în brațe trupul mlădios ca o algă. O duc înapoi la castel, unde sosirea celor două fermecătoare goliciuni face mare impresie. Oamenii își dau repede seama că Léopoldine e cu mult mai goală decît mine. Există ceva mai gol decît un cadavru? Încep atunci demonstrații ridicole, țipete, lacrimi, jeluiri, imprecații la adresa sorții și a neglijenței mele, disperare – o scenă de un kitsch demn de un conțopist de mîna a șaptea: de îndată ce nu mai pun eu lucrurile cap la cap, tablourile iau o turnură de cel mai mare prost-gust.

— Ați putea arăta înțelegere pentru nenorocirea acestor oameni, și mai ales a părinților victimei.

— Nenorocire, nenorocire... Mi se pare că exagerezi foarte mult. Pentru ei, Léopoldine nu era decît o idee fermecătoare și decorativă. Mai că n-o vedeau. De trei ani, aproape că ne stabilisem domiciliul în pădure, și nu-și mai făcuseră atîtea griji. Știi, castelanii ăștia trăiau într-o lume de imagerii extrem de convenționale. Acum, pricepuseră că tema scenei era „cadavrul copilei înecate înapoiat părinților". Îți poți imagina referințele naiv shakespeariene și hugoliene inevitabile pentru acești oameni cumsecade. Nu pe Léopoldine de Planèze de Saint-Sulpice au plîns-o, ci pe Léopoldine Hugo, Ofelia și toate nevinovatele din univers cîte au pierit înecate. Pentru ei, hierinfanta era un cadavru abstract, s-ar putea spune chiar un fenomen pur cultural, și jeluindu-se nu făceau decît să dovedească profunda alfabetizare a sensibilităților lor. Nu, singura persoană care o cunoștea pe adevărata Léopoldine, singura persoană care ar fi avut motive concrete să-i deplîngă moartea eram eu.

— Dar n-ați plîns.

— Din partea unui asasin, a-și plînge victima ar însemna să dea dovadă de inconsecvență. Și apoi eram destul de în măsură să știu că verișoara mea era fericită, fericită pe vecie. De aceea, eram senin și surîzător în mijlocul acelor jeluiri grosiere.

— Lucru care vi s-a reproșat ulterior, presupun.

— Presupui bine.

— Sînt silită să mă mulțumesc cu aceste presupuneri, avînd în vedere că romanul dumneavoastră nu merge cu mult mai departe.

— Într-adevăr. Ai constatat, probabil, că *Igiena asasinului* este o operă foarte acvatică. Să închei cartea cu incendiul de la castel ar fi dăunat unei coerențe hidrice atît de desăvîrșite. Mă irită artiștii care nu scapă nici un prilej să împreuneze apa și focul. Un dualism atît de banal ține de patologie.

— Nu încercați să mă duceți cu preșul. Nu aceste considerații metafizice v-au determinat să întrerupeți narațiunea atît de abrupt. Chiar dumneavoastră mi-ați spus cu puțin timp în urmă că pana v-a fost oprită de o cauză misterioasă. Recapitulez paginile finale: lăsați cadavrul lui Léopoldine în brațele părinților înecați în plîns după ce le-ați oferit niște explicații atît de sumare încît frizau cinismul. Ultima frază a romanului este: „Și am urcat în camera mea".

— Nu-i rău ca sfîrșit.

— Să admitem, dar închipuiți-vă că cititorul rămîne cu foamea neastîmpărată.

— Nu-i rău ca reacție.

— Pentru o lectură metaforică, da. Nu și pentru lectura carnivoră pe care o recomandați.

— Scumpă domnișoară, ai și n-ai dreptate. Ai dreptate, o cauză misterioasă m-a silit să las romanul neîncheiat. Totuși, te înșeli întrucît, ca o bună jurnalistă ce ești, ai fi vrut să-mi desfășor narațiunea liniar. Crede-mă, ar fi fost sordid, fiindcă ce a urmat după acel 13 august n-a fost, pînă astăzi, decît o decădere abjectă și grotescă. Încă de pe 14 august, copilul subțire și sobru care eram s-a prefăcut într-un mîncău cumplit. Să fi fost de vină golul lăsat de moartea lui Léopoldine? Mi-era întruna poftă de alimente respingătoare – gustul ăsta nu m-a părăsit. În șase luni îmi triplasem greutatea, devenisem un puber oribil, îmi pierdusem tot părul, pierdusem de fapt totul. Îți vorbeam de imageria convențională a familiei mele: imageria asta cerea ca, după moartea unei ființe îndrăgite, cei apropiați să ajuneze și să slăbească. Așa încît toți oamenii de la castel ajunau și slăbeau, pe cînd eu, unic reprezentant al scandaloasei mele categorii, mă ghiftuiam și mă buhăiam văzînd cu ochii. Mi-aduc aminte, nu fără amuzament, de mesele acelea contrastante: bunicii, unchiul și cu mătușă-mea abia dacă se atingeau de mîncare și, consternați, se uitau cum golesc farfuriile și bag în mine ca un nesimțit. Adăugîndu-se la dubioasele echimoze pe care le văzuseră jur-împrejurul gîtului lui Léopoldine, bulimia asta le alimentă febra deducțiilor. Nu mai vorbeau cu mine, mă simțeam înconjurat de bănuieli dușmănoase.

— Și întemeiate.

— Închipuie-ți că am vrut să scap de atmosfera asta care, treptat, înceta să mă mai amuze. Și mai închipuie-ți că n-am vrut să-mi demistific splendidul roman printr-un epilog atît de jalnic. Te înșelai dorindu-ți o continuare după toate regulile artei, și totuși aveai dreptate, fiindcă povestea asta cerea un sfîrșit adevărat – sfîrșit pe care n-aveam cum să-l cunosc pînă astăzi, pentru că tocmai tu mi-l aduci.

— V-am adus un sfîrșit? Eu?

— Exact asta faci acum.

— Dacă voiați să mă puneți în încurcătură, ați reușit, însă aș vrea totuși o explicație.

— Prin remarca în legătură cu cartilajele, mi-ai adus deja o informație finală de cel mai mare interes.

— Sper că n-aveți de gînd să stricați acest frumos roman grefîndu-i delirul cartilaginos cu care m-ați asasinat mai adineauri.

— De ce nu? Era o găselniță excelentă.

— Nu mi-aș putea ierta faptul de a vă fi sugerat un sfîrșit atît de slab. Mai bine vă lăsați romanul neîncheiat.

— Asta eu o hotărăsc. Dumneata ai să-mi aduci altceva.

— Ce anume?

— Tu ai să mi-o spui, dragă copilă. Să trecem la deznodămînt, vrei? Am respectat durata regulamentară.

— Care deznodămînt?

— Nu face pe nevinovata. Ai să-mi zici odată cine ești? Ce misterioasă legătură poți avea cu mine?

— Nici una.

— Nu ești cumva ultima supraviețuitoare din neamul Planèze de Saint-Sulpice?

— Știți bine că această familie s-a stins fără urmași - de altfel, aici aveți și dumneavoastră o anumită contribuție, nu?

— Ai poate vreo rudă îndepărtată pe nume Tach?

— Știți prea bine că sînteți ultimul urmaș al familiei Tach.

— Ești nepoata preceptorului?

— Nu! Ce-o să mai născociți?

— Pe cine-ai avut printre bunici atunci? Pe administrator sau pe majordomul castelului? Grădinarul? Vreo menajeră? Bucătăreasa?

— Opriți-vă din delir, domnule Tach; n-am nici un fel de legătură cu familia, castelul, satul sau trecutul dumneavoastră.

— E inadmisibil.

— De ce?

— Nu te-ai mai fi muncit atîta să cercetezi cazul meu dacă nu ne-ar fi unit vreo legătură ascunsă.

— Dragă domnule, vă surprind în flagrant delict de deformație profesională. Ca un scriitor obsesional, nu puteți suporta ideea că între personajele dumneavoastră nu există nici o corelație misterioasă. Adevărații romancieri sînt niște genealogiști care nu-și dau seama că-s genealogiști. Îmi pare rău că vă dezamăgesc: sînt o străină pentru dumneavoastră.

— Sigur te-nșeli. Poate că nici dumneata nu cunoști legătura familială, istorică, geografică sau genetică ce ne unește, dar nu încape nici o îndoială că legătura asta există. Să vedem... N-ai avut vreun bunic care să fi murit înecat? N-au existat sugrumări în anturajul dumitale colateral?

— Opriți acest delir, domnule Tach. În zadar ați căuta asemănări între cazurile noastre – presupunînd că aceste asemănări ar avea vreo semnificație. Dimpotrivă, ceea ce mi se pare semnificativ este nevoia dumneavoastră de a stabili o asemănare.

— Semnificativ pentru ce?

— Aceasta-i întrebarea, iar răspunsul trebuie să-l dați dumneavoastră.

— Am înțeles, iarăși trebuie să fac eu totul. În fond, teoreticienii Noului Roman erau niște farsori nemaipomeniți: adevărul e că nimic nu s-a schimbat în creație. În fața unui univers fără formă și fără sens, scriitorul este silit să joace rolul demiurgului. Fără înlănțuirea extraordinară pe care o aduce pana sa, lumea n-ar fi fost niciodată în stare să dea contur lucrurilor, iar poveștile oamenilor ar fi rămas în veci deschise nesățios, aidoma unor uluitoare hanuri spaniole[1]. Și, conformîndu-te acestei tradiții multimilenare, m-ai fi lăsat să fac pe sufleorul, să-ți compun textul, să-ți punctez replicile.

— Ei bine, dați-i drumul, suflați.

— Asta și fac, copila mea. Nu vezi oare că și eu te implor? Ajută-mă să dau un sens acestei povești, nu fi de rea-credință și nu-mi spune că n-avem nevoie de sens, pentru că avem, și încă mai mult decît de orice altceva. Dă-ți seama! De șaizeci și șase de ani aștept să întîlnesc o persoană ca dumneata, așa că nu încerca să mă faci să cred că ești o oarecare. Să nu-mi spui că o asemenea întrevedere nu a fost orchestrată de un straniu numitor comun. Te întreb pentru ultima dată – zic bine ultima dată, fiindcă răbdarea nu-i punctul meu forte – și te conjur să-mi spui adevărul: cine ești?

— Vai, domnule Tach.

---

1. Hanurile din Spania secolului al XIX-lea ar fi fost atît de sărăcăcioase, încît călătorul nu și-ar fi putut astîmpăra foamea decît dacă și-ar fi adus merinde cu sine (n.t.).

— Vai ce? N-ai nimic altceva să-mi răspunzi?

— Ba da, dar sînteți oare capabil să ascultați acest răspuns?

— Prefer răspunsul cel mai cumplit unei absențe a răspunsului.

— Tocmai. Răspunsul meu este o absență a răspunsului.

— Fii mai clară, te rog.

— Mă întrebați cine sînt. Însă e un lucru pe care-l știți deja, nu pentru că vi l-aș fi spus, ci pentru că l-ați spus dumneavoastră înșivă. Ați uitat atît de repede? Puțin mai înainte, printre atîtea și atîtea insulte, o dată ați nimerit la fix.

— Hai zi-i, sînt pregătit.

— Domnule Tach, sînt o mică scormonitoare în rahat. E tot ce se poate spune despre mine, puteți să mă credeți. Îmi pare teribil de rău. Fiți încredințat că mi-ar fi plăcut să am alt răspuns, însă mi-ați cerut adevărul, iar ăsta e singurul meu adevăr.

— N-am să te pot crede niciodată.

— Greșiți. În ceea ce privește viața și genealogia mea, n-aș putea să vă spun decît banalități. De n-aș fi fost jurnalistă, n-aș fi încercat niciodată să vă întîlnesc. Oricît ați căuta, totdeauna veți ajunge la aceeași concluzie: sînt o mică scormonitoare în rahat.

— Nu știu dacă-ți dai seama pînă la capăt de porcăriile pe care le sugerează un asemenea răspuns.

— Din păcate, îmi dau seama.

— Nu, nu-ți dai seama sau, oricum, nu îndeajuns. Dă-mi voie să-ți zugrăvesc porcăriile dumitale. Imaginează-ți un bătrîn pe moarte, absolut singur și lipsit de orice speranță. Imaginează-ți acum că, după o așteptare de șaizeci și șase de ani de zile, o tînără persoană i-ar reda speranțele acestui bătrîn reînviind un trecut de mult apus. Din două una: ori acea persoană e un arhanghel apropiat în mod misterios de bătrîn, și atunci avem de-a face cu o apoteoză; ori e cineva complet străin motivat de curiozitatea cea mai bolnavă, și atunci dă-mi voie să-ți zic că avem de-a face cu o josnicie: o pîngărire de mormînt dublată de un abuz de încredere, e ca și cum i-ai smulge unui muribund comoara cea mai de preț amăgindu-l cu cine știe ce miraculoasă răsplată și dîndu-i în schimb doar un morman de rahat. Cînd ai ajuns aici, ai găsit un bătrîn agonizînd în mijlocul frumoaselor sale amintiri și resemnat la gîndul că nu mai are un prezent. Cînd ai să pleci, ai să lași în urmă un bătrîn agonizînd în putreziciunea amintirilor și disperat că nu mai are un prezent. De-ai fi avut puțină inimă sau decență, ai fi mințit, ai fi născocit vreo legătură între noi. Acum e prea tîrziu, așa că, dacă ai puțină inimă sau decență, lichidează-mă, pune capăt dezgustului meu, căci suferința mi-i de neîndurat.

— Exagerați. Nu văd cum aș fi putut să vă denaturez într-atît amintirile.

— Romanul meu avea nevoie de un sfîrșit. Prin manevrele dumitale, m-ai făcut să cred că-mi aduci acest sfîrșit. Nu mai îndrăzneam să sper, mă întorceam la viață după o interminabilă hibernare – și apoi, fără pic de rușine, îmi arăți mîinile goale, nu-mi aduci altceva decît o înviorare iluzorie. La vîrsta mea nu mai poți suporta treburi dintr-astea. Fără dumneata, aș fi murit lăsînd un roman neîncheiat. Din cauza dumitale, însăși moartea mea va fi neîncheiată.

— Ce-ar fi să lăsăm figurile de stil?

— Zău că-s figuri de stil! Ai uitat oare că dumneata m-ai deposedat de substanță? Am să te învăț ceva, domnișoară: nu eu sînt asasinul, ci dumneata!

— Poftim?

— Așa cum ai auzit. Asasinul ești dumneata, ai omorît două persoane. Cîtă vreme Léopoldine trăia în memoria mea, moartea ei era o abstracție. Dumneata i-ai ucis însă amintirea amestecîndu-te ca o scormonitoare în rahat ce ești și, ucigînd această amintire, ai ucis și ce mai rămăsese din mine.

— Sofism.

— Ar trebui să știi că nu-i un sofism, dar asta dac-ai cunoaște cît de cît iubirea. Și cum ar putea o mică scormonitoare în rahat să priceapă ce-i aia iubire? Ești persoana cea mai străină de iubire din cîte mi-a fost dat să întîlnesc vreodată.

— Dacă iubirea înseamnă ce spuneți dumneavoastră, atunci mă simt ușurată că sînt străină de ea.

— Hotărît lucru, nu te-am învățat nimic.

— Chiar mă întreb ce m-ați fi putut învăța, în afară de cum se sugrumă oamenii.

— Aș fi vrut să te învăț că, sugrumînd-o pe Léopoldine, am cruțat-o de singura moarte adevărată, uitarea. Mă privești ca pe un asasin, cînd eu sînt de fapt unul dintre extrem de puținii oameni care n-au ucis pe nimeni. Uită-te în jur, uită-te la dumneata însăți: lumea geme de asasini, adică de persoane ce-și permit să-i dea uitării pe cei pe care, chipurile, i-ar fi iubit. Te-ai gîndit vreodată ce înseamnă să ucizi pe cineva? Uitarea e un ocean nesfîrșit pe care navighează o singură corabie, memoria. Pentru imensa majoritate a oamenilor, corabia asta nu-i decît un barcaz mizerabil care ia apă cînd vrei și cînd nu vrei și al cărui căpitan, personaj lipsit de scrupule, nu se gîndește decît cum să facă mai multe economii. Și știi ce semnifică acest josnic cuvînt? Că sacrifică zi de zi dintre membrii echipajului pe aceia socotiți de prisos. Și mai știi cine sînt socotiți de prisos? Nemernicii, plicticoșii, cretinii? Nici vorbă: cei aruncați peste bord sînt inutilii – cei de care ne-am servit deja. Ăștia ne-au dat tot ce era mai bun în ei, prin urmare ce-ar mai putea să ne aducă? Haide, lasă mila, să facem curățenie, și hop! Le facem vînt peste bord, iar oceanul îi înghite, necruțător. Și uite-așa, dragă domnișoară, se practică, la adăpost de orice pedeapsă, cel mai banal dintre asasinate. Niciodată n-am subscris la acest cutremurător masacru, iar dumneata mă acuzi astăzi tocmai în virtutea inocenței mele, în conformitate cu acel lucru pe care oamenii îl numesc justiție și care este un soi de manual de utilizare a delațiunii.

— Cine a vorbit despre delațiune? Nu intenționez să vă denunț.

— Zău? Păi atunci ești chiar mai rea decît îmi închipuiam. De regulă, scormonitorii în rahat au decența de a-și inventa o cauză.

Dumneata scormonești rahatul pentru simpla plăcere de a împuți atmosfera. Cînd o să pleci de-aici, o să-ți freci mîinile la gîndul că nu ți-ai pierdut ziua degeaba cîtă vreme ai izbutit să murdărești universul altuia. Frumoasă meserie mai ai, domnișoară!

— Dacă înțeleg bine, ați prefera să vă tîrăsc prin tribunale?

— Cu siguranță. Ți-a trecut prin minte ce are să însemne agonia mea dacă nu mă denunți, dacă mă lași singur și golit interior în apartamentul ăsta după tot ce mi-ai făcut? Pe cînd dacă mă tîrăști în fața justiției, o să mă mai distrez și eu.

— Îmi pare rău, domnule Tach, n-aveți decît să vă denunțați singur, eu una nu mă ocup cu așa ceva.

— Ești deasupra chestiilor de genul ăsta, nu? Faci partea din speța cea mai de jos, dintre cei care mai bine mînjesc decît să demoleze. Poți să-mi explici ce s-a petrecut în mintea dumitale în ziua cînd ai hotărît să vii aici și să mă torturezi? Cărui instinct gratuit și josnic te-ai supus?

— L-ai știut de la bun început, dragă domnule, ai uitat cumva miza pariului dintre noi? Voiam să văd cum te tîrăști la picioarele mele. După toate cîte mi le-ai spus, mi-o doresc și mai mult. Așa că tîrăște-te, ai pierdut.

— Am pierdut, ce-i drept, dar prefer să fiu în pielea mea decît în a dumitale.

— Cu atît mai bine pentru dumneata. Tîrăște-te.

— Vanitatea feminină, asta-ți cere să mă vezi tîrîndu-mă?

— Nu, dorința de răzbunare. Tîrăște-te.

— Așadar n-ai înțeles nimic.

— Criteriile noastre nu vor fi niciodată aceleași, iar de priceput am priceput foarte bine. Consider că viața este cea mai prețioasă binefacere și nici unul dintre discursurile dumitale nu-mi va schimba cîtuși de puțin părerea. Fără dumneata, Léopoldine ar fi trăit, cu toate ororile, dar și cu toate frumusețile pe care le presupune această viață. Nu mai e nimic de adăugat. Tîrăște-te.

— La urma urmelor, nu-ți port pică.

— Asta ar mai lipsi. Tîrăște-te.

— Trăiești în cu totul altă sferă decît mine. E normal să nu poți înțelege.

— Mă simt mișcată de bunăvoința dumitale.

— De fapt, sînt mult mai tolerant decît dumneata: eu sînt în stare să admit că trăiești după alte criterii. Dumneata nu. Pentru dumneata nu există decît un singur mod de a vedea lucrurile. Ai o minte închistată.

— Domnule Tach, fii încredințat că aceste reflecții existențiale nu mă interesează. Îți poruncesc să te tîrăști, punct și am încheiat.

— Fie. Dar cum ai vrea să mă tîrăsc? Ai uitat că-s neputincios?

— Așa-i. Am să te ajut eu.

Jurnalista se ridică, îl apucă pe obez de subțiori și, cu prețul unui mare efort, îl azvîrli pe covor, cu fața în jos.

— Ajutor! Săriți!

Dar, în această poziție, frumoasa voce a romancierului era înăbușită, și nimeni nu-l putea auzi în afară de tînăra femeie.

— Tîrăște-te.

— Nu suport să stau întins pe burtă. Medicul mi-a interzis.

— Tîrăște-te.

— La dracu'! Risc să mă asfixiez dintr-o clipă-n alta.

— Așa o să afli și dumneata ce înseamnă asfixierea la care ai supus cîndva o fetiță. Tîrăște-te.

— Era întru izbăvirea ei.

— Ei bine, eu tot întru izbăvirea dumitale te expun riscului de a te asfixia. Ești un moșneag dezgustător și vreau să te salvez de la decădere. Vasăzică-i tot un drac. Tîrăște-te.

— Dar eu am decăzut deja! De șaizeci și cinci de ani și jumătate nu fac altceva decît să decad.

— În cazul ăsta, vreau să te văd decăzînd și mai mult. Hai, dă-i drumul, decazi.

— Nu poți zice așa, e un verb defectiv.

— Nici nu știi ce mult îmi pasă! Dar dacă verbul ăsta te deranjează pentru că-i defectiv, știu altul care nu-i: tîrăște-te.

— E îngrozitor, mă înăbuș, o să crăp!

— Ia te uită! Credeam că vezi moartea ca pe o binefacere.

— Așa și este, dar nu vreau să mor chiar acum.

— A, nu? De ce să amîni un eveniment atît de fericit?

— Pentru că tocmai am înțeles un lucru și vreau să ți-l spun înainte să mor.

— Fie. Accept să te întorc pe spate, dar cu o singură condiție: mai întîi, trebuie să te tîrăști la picioarele mele.

— Făgăduiesc să încerc.

— Eu nu-ți cer să încerci, îți poruncesc să te tîrăști. Ori izbutești, ori te las să crăpi.

— Bine, mă tîrăsc.

Și matahala, lac de nădușeală, se tîrî pe doi metri de covor, pufnind ca o locomotivă.

— Îți face plăcere, hai?

— Da, îmi face plăcere. Cu atît mai mult cu cît am conștiința că răzbun pe cineva. Dincolo de trupul hipertrofiat din fața mea, am impresia că văd conturîndu-se o siluetă delicată pe care suferința dumitale o alină.

— Ridicol, parc-am fi la teatru!

— Nu ești mulțumit? Vrei să te mai tîrăști?

— Te asigur că-i timpul să mă întorci pe spate. Sînt pe cale să-mi dau sufletul, de-oi fi avînd așa ceva.

— Mă uimești. Moarte de dragul morții, nu-i mai bun un asasinat frumos decît o lentă agonie canceroasă?

— Numești asta un asasinat frumos?

— În ochii asasinului, crima e întotdeauna frumoasă. Numai victima găsește mereu cîte ceva de reproșat. Ai fi capabil să te interesezi în clipa asta de valoarea artistică a morții dumitale? Recunoaște că nu.

— Recunosc că nu. Întoarce-mă, pentru Dumnezeu!

Jurnalista înșfăcă matahala de coapsă și de subțioară, apoi o răsturnă pe spate, scoțînd un strigăt de efort. Obezul respira convulsiv. Abia după cîteva minute fața lui terorizată își regăsi oarecum seninătatea.

— Ce lucru ai descoperit și țineai atît de mult să-mi comunici?

— Voiam să-ți zic că treceam printr-un moment urît.

— Și altceva?

— Nu-ți ajunge?

— Cum? Asta-i tot ce găsești să-mi spui? Ți-au trebuit așadar optzeci și trei de ani ca să știi ceea ce toți știu încă de cînd se nasc.

— Ei bine, uite că eu nu știam. A trebuit să fiu cît pe ce să crăp ca să înțeleg oroarea nu a morții, pe care nimeni n-o cunoaște, ci a clipei morții. E un moment tare urît. Dacă ceilalți oameni au preștiința asta, eu unul n-o aveam.

— Îți bați joc de mine.

— Nu. Pentru mine, pînă astăzi, moartea era moarte și atît. Nu însemna nici un bine, nici un rău, însemna să dispari. Nu-mi dădeam seama că între moarte și clipa morții există o anumită diferență, ceea ce este intolerabil. Da, e ceva foarte bizar: moartea nu mă sperie nici acum, dar de azi încolo au să mă treacă apele de spaimă la gîndul momentului de trecere, chiar de n-ar dura decît o secundă.

— Așadar ți-e rușine?

— Da și nu.

— Ei drăcie! Trebuie să te mai pun o dată să te tîrăști?

— Lasă-mă să-ți explic. Da, mi-e rușine la ideea că am făcut-o pe Léopoldine să treacă printr-un asemenea moment. Pe de altă parte, mă încăpățînez să cred sau cel puțin să sper că a beneficiat de o excepție. Fapt e că i-am scrutat chipul înainte de scurta-i agonie și n-am deslușit nici urmă de angoasă.

— Ador iluziile în care te complaci pentru a-ți păstra conștiința curată.

— Mă doare-n cot de conștiința mea. Problema pe care o formulam eu se situează la un nivel superior.

— Dumnezeule!

— Ai rostit cuvîntul-cheie: da, poate că Dumnezeu le dăruiește anumitor oameni excepționali o trecere fără suferință și angoasă, o moarte extatică. Cred că Léopoldine a avut parte de acest miracol.

— Uite ce-i, povestea dumitale e suficient de detestabilă și-așa, vrei s-o mai faci și grotescă invocîndu-l pe Dumnezeu, extazul și miracolele? Îți închipui poate că ai comis cine știe ce crimă mistică?

— Cu siguranță.

— Ești nebun de legat. Vrei să afli cum arată în realitate crima asta mistică, smintitule? Știi care-i primul lucru pe care-l face un cadavru imediat după moarte? Se pișă, domnule, și se ușurează de rahatul care i-a mai rămas prin intestin.

— Ești respingătoare. Oprește comedia asta, mă faci să mă simt stînjenit.

— Te fac să te simți stînjenit, hai? Să asasinezi oamenii nu te deranjează, dar ideea că victimele dumitale se pișă și se spîrcîie n-o poți suporta, hai? Apa din lac trebuie să fi fost foarte tulbure dacă, pe cînd pescuiai cadavrul verișoarei dumitale, n-ai văzut conținutul intestinelor ei ridicîndu-se la suprafață.

— Fie-ți milă și taci!

— De cine să-mi fie milă? De un asasin care nici măcar nu-i în stare să-și asume consecințele organice ale crimei?

— Îți jur, îți jur că lucrurile nu s-au petrecut cum spui.

— A, nu? Léopoldine n-avea vezică și intestin?

— Ba da... dar lucrurile nu s-au petrecut cum spui.

— Zi mai bine că nu poți suporta ideea.

— Într-adevăr, nu pot suporta ideea, dar lucrurile nu s-au petrecut cum spui.

— Ai de gînd să repeți fraza asta pînă la moarte? Fă bine și fii mai explicit.

— Vai, nu reușesc să explic această convingere, și totuși știu că lucrurile nu s-au petrecut cum spui.

— Știi cum se numesc convingerile de genul ăsta? Autosugestie.

— Domnișoară, de vreme ce nu reușesc să mă fac înțeles, îmi îngădui să abordez chestiunea dintr-un alt unghi?

— Chiar crezi că există și alt unghi?

— Am această slăbiciune.

— Atunci dă-i drumul, dacă tot am ajuns pînă aici.

— Domnișoară, ai iubit vreodată?

— Asta-i culmea! Iată-ne și la „Curierul sentimental".

— Nu, domnișoară. Dacă ai fi iubit vreodată, ai fi știut că nu-i deloc așa. Biată Nina, nicicînd n-ai iubit!

— Fără chestii de-astea cu mine, de acord? Și nu-mi mai spune Nina, că-mi vine rău.

— De ce?

— Nu știu. E ceva hidos în a-ți auzi numele rostit de un asasin dublat de un obez.

— Păcat. Eram totuși foarte dornic să-ți spun Nina. De ce te temi, Nina?

— Nu mi-e teamă de nimic. Mă dezguști, atîta tot. Și nu-mi mai spune Nina.

— Păcat, am nevoie să-ți spun pe nume.

— De ce?

— Biată mititică, deși atît de călită, atît de coaptă, ești încă, sub anumite aspecte, ca mielul care abia a venit pe lume. Oare nu știi ce înseamnă nevoia de a le spune pe nume anumitor persoane? Îți imaginezi cumva că muritorii de rînd îmi inspiră aceeași nevoie? Niciodată, copila mea. Dacă simțim în adîncul sufletului nevoia să facem apel la numele unui individ e pentru că-l iubim.

— ...?

— Da, Nina. Te iubesc, Nina.

— Mai ai de zis multe nerozii?

— Ăsta-i adevărul, Nina. Îl intuisem mai adineauri, pe urmă am crezut că mă înșelasem, însă nu mă înșelasem deloc. În primul rînd asta voiam să-ți spun cînd era cît pe ce să mor. Cred că n-aș mai putea trăi fără dumneata, Nina. Te iubesc.

— Trezește-te, imbecilule!

— Niciodată n-am fost mai lucid.

— Luciditatea nu ți se prea potrivește.

— Ce-mi pasă! Eu nu mai contez, sînt al dumitale cu trup și suflet.

— Oprește-te din delir, domnule Tach. Știu prea bine că nu mă iubești. N-are ce să-ți placă la mine.

— Așa credeam și eu, Nina, dar dragostea mea e mai presus de toate astea.

— Fie-ți milă, nu-mi spune că mă iubești pentru sufletul meu, fiindcă am să rîd cu lacrimi.

— Nu, dragostea mea e și mai înaltă.

— Dintr-o dată, îmi pari foarte diafan.

— Nu înțelegi oare că putem iubi o ființă în afara oricărei referințe cunoscute?

— Nu.

— Păcat, Nina, și totuși te iubesc, cu tot misterul pe care îl sugerează acest verb.

— Oprește-te! Am înțeles, cauți un sfîrșit decent pentru romanul dumitale, nu-i așa?

— De-ai ști ce puțin mă interesează acest roman de cîteva minute încoace!

— Nu cred deloc. Neîncheierea lui te obsedează. Ai fost scîrbit aflînd că n-am nici o legătură personală cu dumneata, de aceea încerci să creezi acum din nimic legătura asta personală, inventînd o poveste de dragoste de ultim moment. Urăști atît de mult insignifianța, încît ai fi în stare de minciunile cele mai sfruntate ca să dai sens la ceva ce nu va avea sens niciodată.

— Ce eroare, Nina! Iubirea n-are nici un sens și tocmai de aceea e sfîntă.

— Nu încerca să mă duci de nas cu retorica dumitale. Nu iubești decît cadavrul lui Léopoldine. De altminteri, ar trebui să-ți fie rușine că pîngărești singura iubire pe care ai trăit-o vreodată ținîndu-mi discursuri atît de puțin credibile.

— N-o profanez deloc, dimpotrivă. Iubindu-te, dovedesc că Léopoldine m-a învățat să iubesc.

— Sofism.

— Ar fi un sofism dacă iubirea nu s-ar supune unor legi străine de cele ale logicii.

— Ascultă, domnule Tach, scrie prostiile astea în romanul dumitale dacă te amuză, dar nu mă mai folosi pe mine pe post de cobai.

— Nina, nu mă amuză. Iubirea nu-i făcută ca să te amuzi. Iubirea-i făcută ca să iubești și atît.

— Exaltant.

— Să știi că da. Dacă ai putea înțelege sensul acestui verb, ai fi tot atît de exaltată pe cît sînt eu în clipa de față, Nina.

— Scutește-mă de exaltarea dumitale, vrei? Și nu-mi mai spune Nina, altfel nu mai răspund de faptele mele.

— Nu mai răspunde de faptele tale, Nina. Și lasă-te iubită, de vreme ce nu ești în stare să mă iubești.

— Să te iubesc? Asta ar mai lipsi. Ar trebui să fiu cu adevărat perversă ca să te iubesc.

— Atunci fii perversă, Nina, aș fi atît de fericit.

— M-ar dezgusta să te fac fericit. Nu există om mai puțin vrednic de fericire decît dumneata.

— Nu sînt de acord.

— Evident.

— Sînt josnic, urît, rău, pot fi individul cel mai nemernic din lume, și totuși posed o calitate foarte rară, atît de frumoasă încît nu mă simt nevrednic de a fi iubit.

— Dă-mi voie să ghicesc: modestia?

— Nu. Calitatea mea este că sînt capabil de iubire.

— Și în numele acestei sublime calități ai vrea să-ți scald picioarele cu lacrimile mele spunînd: „Prétextat, te iubesc"?

— Mai rostește-mi numele, e plăcut.

— Taci, mă faci să vomit.

— Ești minunată, Nina. Ai un caracter extraordinar, un temperament de foc dublat de o duritate glacială. Ești orgolioasă și temerară. Ai avea tot ce-ți trebuie ca să fii o amantă magnifică, numai de-ai fi capabilă de iubire!

— Dă-mi voie să te previn că, dacă mă iei drept reincarnarea lui Léopoldine, te înșeli. N-am nimic în comun cu fetița aceea extatică.

— Știu. Ai cunoscut vreodată extazul, Nina?

— Întrebarea mi se pare absolut deplasată.

— Așa și este. Totul e deplasat în povestea asta, începînd chiar cu dragostea pe care mi-o inspiri. Așa că, dacă tot am ajuns pînă unde am ajuns, Nina, nu șovăi să-mi răspunzi la întrebare, care e mult mai castă decît crezi: ai cunoscut vreodată extazul, Nina?

— Nu știu. Cert e că în clipa asta nu sînt în extaz.

— Nu cunoști iubirea, nu cunoști extazul: nu cunoști nimic. Mica mea Nina, cum poți să ții atîta la viață, cîtă vreme nici măcar n-o cunoști?

— De ce-mi spui asemenea lucruri? Ca să mă las ucisă cu docilitate?

— N-am să te ucid, Nina. Mai adineauri, îmi dăduse prin gînd s-o fac, însă, de cînd m-am tîrît, dorința asta a dispărut.

— Să mori de rîs, nu alta.Vasăzică îți închipuiai că ai fi în stare să mă ucizi așa, bătrîn și neputincios cum ești? Te credeam respingător, dar, în fond, ești pur și simplu stupid.

— Iubirea ne face stupizi, Nina, o știe toată lumea.

— Pentru Dumnezeu, nu-mi mai vorbi de iubirea dumitale, simt cum cresc în mine dorințe ucigașe.

— Să fie cu putință? Păi, Nina, așa începe.

— Ce anume?

— Iubirea. Am reușit oare să trezesc în tine acest extaz? Mîndria mea e de nespus, Nina. Dorința de a ucide tocmai a murit în mine și iat-o acum renăscînd în dumneata. Deodată, începi să trăiești, îți dai seama?

— Nu-mi dau seama decît de intensitatea exasperării mele.

— Sînt pe cale să asist la un spectacol extraordinar: credeam, asemeni tuturor muritorilor, că reincarnarea e un fenomen postmortem. Și iată că, în viață fiind, văd cu ochii mei cum te preschimbi în mine!

— N-am primit de cînd mă știu o insultă mai degradantă.

— Intensitatea iritării atestă trezirea dumitale la viață, Nina. De-acum vei fi necontenit furioasă cum am fost și eu totdeauna, nu vei putea suferi reaua-credință, vei exploda în imprecații și extaz, vei fi genială precum furia însăși, nimic nu te va mai speria.

— Ai terminat, umflatule?

— Știi bine că am dreptate.

— Fals! Nu sînt a dumitale.

— Nu încă în întregime, dar mult n-are să mai dureze.

— Ce vrei să spui?

— Ai să afli curînd. E formidabil. Rostesc lucruri ce se împlinesc sub ochii mei pe măsură ce le dau glas. Am devenit pythia prezentului, nu a viitorului, a prezentului, înțelegi?

— Înțeleg că ți-ai pierdut mințile.

— Dumneata mi le-ai luat, cum ai să iei și toate celelalte. Nina, nicicînd n-am mai cunoscut asemenea extaz!

— Unde ți-s calmantele?

— Nina, o dată ce mă vei ucide, voi fi veșnic calm.

— Ce tot spui?

— Lasă-mă să vorbesc. Ce am eu să-ți spun e prea important. Vrei sau nu, ești pe cale să devii avatarul meu. La fiece metamorfoză a ființei mele m-a așteptat o persoană vrednică de a fi iubită: prima oară a fost Léopoldine, iar eu am ucis-o; a doua oară ești dumneata, iar eu voi fi cel ucis. Dreaptă răsturnare de situație, nu-i așa? Sînt atît de bucuros că dumneata ești cea aleasă: mulțumită mie, ești pe cale să descoperi ce-i iubirea.

— Mulțumită dumitale sînt pe cale să descopăr ce-i consternarea.

— Vezi? Dumneata ai spus-o. Iubirea începe prin consternare.

— Mai adineauri ziceai că începe cu dorința de a ucide.

— E totuna. Ascultă ce crește în tine, Nina; gustă această imensă uluire. Ai mai auzit vreodată simfonie atît de măiestrit alcătuită? Îmbinarea e prea reușită și prea subtilă ca să poată fi percepută de către ceilalți. Ești conștientă de înspăimîntătoarea diversitate a instrumentelor? Din acordul lor potrivnic legilor nu s-ar putea naște decît o cacofonie – și totuși, Nina, ai auzit vreodată ceva mai frumos? Zeci și zeci de părți se suprapun prin mijlocirea ta, îți preschimbă țeasta în catedrală, trupul într-o cutie de rezonanță vagă și infinită, plăpînda carne într-o transă, iar cartilajele într-o destindere – iată că inexprimabilul a pus stăpînire pe tine.

Tăcere. Jurnalista își lăsă capul pe spate.

— Țeasta ți-e grea, așa-i? Știu ce înseamnă asta. Ai să vezi că n-o să te obișnuiești niciodată.

— Cu ce?

— Cu inexprimabilul. Încearcă să ridici capul, Nina, oricît de greu ți-ar atîrna țeasta, și uită-te la mine.

Făptura se supuse anevoie.

— Recunoaște că, în ciuda inconvenientelor, e o plăcere divină. Sînt atît de fericit că înțelegi în sfîrșit! Închipuie-ți deci ce a însemnat moartea lui Léopoldine. Adineauri, clipa morții mi se păruse insuportabilă întrucît mă tîram, în ambele sensuri ale termenului. Să treci însă de la viață la moarte în plin extaz e o simplă formalitate. De ce? Deoarece în astfel de momente nici măcar nu știi dacă ești mort sau viu. Ar fi o inexactitate să spun că verișoara mea a murit fără să sufere ori fără să-și dea seama, asemenea celor ce mor în somn: adevărul e că a murit fără să moară, de vreme ce și-așa nu mai era vie.

— Atenție, ceea ce spui miroase de la o poștă a retorică tachiană.

— Și ceea ce simți e tot retorică tachiană, Nina? Uită-te la mine, mic avatar fermecător. Va trebui să te obișnuiești să disprețuiești logica celorlalți de-acum înainte. Prin urmare, va trebui să te obișnuiești să fii singură – dar să nu-ți pară rău!

— O să-ți duc dorul.

— Cît ești de fină că spui așa ceva!

— Știi bine că finețea n-are nici în clin, nici în mînecă cu povestea asta.

— Nu fi îngrijorată, ai să mă regăsești la fiecare extaz.

— Are să mi se întîmple des?

— Ca să zic drept, de șaizeci și cinci de ani și jumătate n-am mai trăit nici un extaz, însă cel pe care-l cunosc acum șterge timpul pierdut ca și cum nici n-ar fi existat vreodată. Va trebui să te obișnuiești să ignori și calendarul.

— Promițător.

— Nu fi tristă, scump avatar. Nu uita că te iubesc. Iar dragostea, cum bine știi, e eternă.

— Știi că, auzite din gura unui laureat al Premiului Nobel, asemenea locuri comune capătă o savoare irezistibilă?

— Nici nu știi cîtă dreptate ai. Cînd ai ajuns la gradul meu de sofisticare, n-ai putea rosti o banalitate fără să o desfigurezi, fără să-i dai accentele celor mai stranii paradoxuri. Cîți scriitori nu vor fi îmbrățișat această carieră numai ca să ajungă cîndva dincolo de toposuri, într-un soi de no man's land unde cuvîntul e pururea virgin! Poate că tocmai asta-i Imaculata Concepțiune: să spui cuvintele cele mai pasibile de prost-gust rămînînd totodată într-un fel de miraculoasă stare de grație, veșnic în afara conflictului, deasupra ciorovăielilor de nimic. Sînt ultimul individ din lume care mai poate spune „Te iubesc" fără să fie nerușinat. Ce noroc pe dumneata!

— Noroc? N-o fi un blestem?

— Noroc, Nina! Dă-ți seama ce plictisitoare viață ai fi avut fără mine!

— De unde știi?

— Sare-n ochi! Nu spuneai singură că ești o mică scormonitoare în rahat? Cu timpul, ți s-ar fi făcut lehamite. Mai devreme sau mai tîrziu, trebuie să lași interesul pentru rahatul altora și să creezi rahatul tău. Fără mine, niciodată n-ai fi fost în stare. De-acum, o, avatar al meu, vei avea acces la divinele inițiative ale creatorilor.

— Ce-i drept, simt că se naște în mine o inițiativă care mă tulbură.

— E normal. Marile inițiative au ca auxiliare îndoiala și frica. Încetul cu încetul, vei înțelege că această anxietate face parte din plăcere. Și vei avea nevoie de plăcere, Nina, nu-i așa? Hotărît lucru, te-am învățat totul, ți-am dăruit totul. Începînd cu iubirea: scumpul meu avatar, mă înfior la gîndul că, fără mine, n-ai fi cunoscut-o nicicînd. Cu cîteva minute în urmă, vorbeam despre verbele defective: știai că verbul a iubi este cel mai defectiv dintre verbe?

— Ce mai e și cu povestea asta?

— Nu se conjugă decît la singular. Formele lui de plural nu sînt decît singulare deghizate.

— Opinie pur teoretică.

— Cîtuși de puțin: n-am demonstrat oare că, atunci cînd două persoane se iubesc, una din ele trebuie să dispară pentru a restabili singularul?

— Doar n-o să-mi spui că ai ucis-o pe Léopoldine pentru a-ți respecta idealul gramatical?

— Ți se pare o cauză chiar atît de futilă? Cunoști necesitate mai imperioasă decît conjugarea? Află, mic avatar, că, de n-ar exista conjugarea, nici măcar n-am mai avea conștiința faptului că sîntem indivizi distincți, iar această sublimă conversație ar fi cu neputință.

— De-ar da Dumnezeu.

— Haide, nu-ți alunga plăcerea!

— Plăcere? Nu-i nici urmă de plăcere în mine și nu simt nimic altceva decît o dorință cumplită să te strîng de gît.

— Ei bine, nu ești prea iute, avatar al sufletului meu. De cel puțin zece minute mă străduiesc cum nu se poate mai vizibil să te fac să iei această hotărîre. Te-am adus la exasperare, te-am scos din fire pentru a-ți înlătura ultimele scrupule, și tot n-ai trecut la fapte. Ce mai aștepți, duioasa mea iubire?

— Mi-e greu să cred că o vrei cu adevărat.

— Îți dau cuvîntul meu.

— Pe urmă, nici nu-s deprinsă.

— Ai să te deprinzi.

— Mi-e teamă.

— Cu atît mai bine.

— Și dacă n-aș face-o?

— Atmosfera ar deveni insuportabilă. Crede-mă, în situația în care sîntem, nu mai ai de ales. Pe deasupra, îmi oferi șansa unică de a muri în aceleași condiții ca și Léopoldine: am să știu în sfîrșit prin ce-a trecut. Dă-i drumul, avatarule, sînt gata.

Jurnalista se execută în mod ireproșabil. Rapid și curat. Clasicismul nu comite niciodată greșeli de gust.

Cînd totul se termină, Nina opri magnetofonul și se așeză pe mijlocul canapelei. Era foarte calmă. Începu să vorbească de una singură, însă nu sub efectul vreunei dereglări mintale. Vorbi cum vorbești cu un prieten, cu o duioșie puțin comică:

— Dragul meu bătrîn nebun, puțin a lipsit să-mi vii de hac. Discursurile tale mă enervau de nu se poate spune; era cît pe ce să-mi pierd mințile. Acum mă simt mult mai bine. Trebuie să recunosc că aveai dreptate: sugrumarea e o sarcină foarte plăcută.

Și avatarul își contemplă mîinile cu admirație.

De nepătruns sînt căile care duc la Dumnezeu. Și mai de nepătruns sînt cele care duc la succes. După acest incident, oamenii se aruncară pur și simplu asupra operelor lui Prétextat Tach. Zece ani mai tîrziu, era deja un clasic.

În colecția TOP 10+

au apărut:

553. Philippa Gregory, *Îmblînzirea reginei*
554. Gabriela Adameșteanu, *Drumul egal al fiecărei zile*
555. Jorge Luis Borges, *Făuritorul • Ficțiuni • Memoria lui Shakespeare*
556. Jorge Luis Borges, *Istoria eternității • Evaristo Carriego*
557. Ian McEwan, *Durabila iubire*
558. Eugen Cadaru, *Cișmigienii*
559. Orhan Pamuk, *O ciudățenie a minții mele*
560. Mark Twain, *Jurnalul lui Adam și al Evei și alte povestiri*
561. Philippa Gregory, *Prințesa albă*
562. Ian McEwan, *Solar*
563. Ryū Murakami, *Audiția*
564. Cormac McCarthy, *Meridianul sîngelui*
565. Adelbert von Chamisso, *Extraordinara poveste a lui Peter Schlemihl*
566. Sofi Oksanen, *Purificare*
567. Alina Nelega, *ca și cum nimic nu s-ar fi întîmplat*
568. L.N. Tolstoi, *Cazacii • Doi husari*
569. Luis Sepúlveda, *Jurnalul unui killer sentimental • Yacaré*
570. Zeruya Shalev, *Fărîme de viață*
571. Ștefan Agopian, *Manualul întîmplărilor*
572. Simona Goșu, *Fragil*
573. Henryk Sienkiewicz, *Pan Wołodyjowski* (vol. 1)
574. Henryk Sienkiewicz, *Pan Wołodyjowski* (vol. 2)
575. F.M. Dostoievski, *Soțul etern*
576. F.M. Dostoievski, *Însemnări de iarnă despre impresii de vară*
577. Lavinia Braniște, *Escapada*
578. Takashi Hiraide, *Pisica musafir*
579. Zeruya Shalev, *Thera*
580. José Saramago, *Ridicat de la pămînt*
581. José Saramago, *Manual de pictură și caligrafie*
582. Aldous Huxley, *Cîntec de lebădă*
583. Ian McEwan, *Legea copiilor*
584. Haruki Murakami, *Ascultă cum cîntă vîntul • Pinball, 1973*
585. Lucian Dan Teodorovici, *Cu puțin timp înaintea coborîrii extratereștrilor printre noi*
586. Émile Zola, *Prada*

587. Ryū Murakami, *În supa miso*
588. Jonathan Coe, *Cercul închis*
589. Philippa Gregory, *Prințesa statornică*
590. Gabriela Adameșteanu, *Întîlnirea*
591. Bernhard Schlink, *Olga*
592. Clara Usón, *Fiica Estului*
593. Aldous Huxley, *Dans grotesc*
594. Marius Chivu, *Sfîrșit de sezon*
595. Chuck Palahniuk, *Cîntec de leagăn*
596. Amélie Nothomb, *Uimire și cutremur*
597. Zeruya Shalev, *Durere*
598. Alberto Vázquez-Figueroa, *Ochii tuaregului*
599. Shahrnush Parsipur, *Femei fără bărbați*
600. Filip Florian, *Toate bufnițele*
601. Thomas De Quincey, *Confesiunile unui opioman englez*
602. Iris Murdoch, *Castelul de nisip*
603. Dino Buzzati, *Bàrnabo, omul munților • Secretul Pădurii Bătrîne*
604. Marina Lewycka, *Scurtă istorie a tractoarelor în limba ucraineană*
605. Amélie Nothomb, *Igiena asasinului*

în pregătire:

Haruki Murakami, *Uciderea Comandorului. O idee își face apariția* (vol. 1) *www.polirom.ro*

Coperta: Carmen Parii
Tehnoredactor: Vasilica Zevoi

Bun de tipar: iulie 2022. Apărut: 2022
Editura Polirom, B-dul Carol I nr. 4 • P.O. BOX 266
700505, Iași, Tel. & Fax: (0232) 21.41.00; (0232) 21.41.11;
(0232) 21.74.40 (difuzare); E-mail: office@polirom.ro
București, Splaiul Unirii nr. 6, bl. B3A,
sc. 1, et. 1, sector 4, 040031, O.P. 53
Tel.: (021) 313.89.78; E-mail: office.bucuresti@polirom.ro

Tiparul executat la S.C. LUMINA TIPO s.r.l.
str. Luigi Galvani nr. 20 bis, sect. 2, București
Tel./Fax: 211.32.60, 212.29.27, E-mail: office@luminatipo.com

---

Contravaloarea timbrului literar se depune în contul
Uniunii Scriitorilor din România
Nr. RO44RNCB5101000001710001 BCR UNIREA